La Pierre de Fâl

Dans la même série

Celtina, La Terre des Promesses, roman, 2006.
Celtina, Les Treize Trésors de Celtie, roman, 2006.
Celtina, L'Épée de Nuada, roman, 2006.
Celtina, La Lance de Lug, roman, 2007.
Celtina, Les Fils de Milé, roman, 2007.
Celtina, Le Chaudron de Dagda, roman, 2007.
Celtina, La Chaussée des Géants, roman, 2008.
Celtina, La Magie des Oghams, roman, 2008.
Celtina, Le Chien de Culann, roman, 2008

Jeunesse

Les pièces d'or de Nicolas Flamel, série Phoenix,
détective du Temps, Montréal, Trécarré, 2007.
Le sourire de la Joconde, série Phoenix, détective du
temps, Montréal, Trécarré, 2006.
Le Concours Top-Model, Montréal, Trécarré, coll.
« Intime », 2005.
L'amour à mort, Montréal, SMBi, coll. « SOS », 1997.
La falaise aux trésors, Montréal, SMBi, coll. « Aventures
& Cie », 1997.
Une étrange disparition, Montréal, SMBi, coll.
« Aventures & Cie », 1997.
Miss Catastrophe, Montréal, Le Raton Laveur, 1993.

Adultes

Verglas (avec Normand Lester), Montréal, Libre
Expression, 2006.
Quand je serai grand, je serai guéri ! (avec Pierre
Bruneau), Montréal, Publistar, 2005.
Chimères (avec Normand Lester), Montréal, Libre
Expression, 2002.

Corinne De Vailly

CELTINA
La Pierre de Fâl

LES NTOUCHABLES

Les Éditions des Intouchables bénéficient du soutien financier de la SODEC et du Programme de crédits d'impôt du gouvernement du Québec.

Nous remercions le Conseil des Arts du Canada de l'aide accordée à notre programme de publication.

Nous reconnaissons l'aide financière du gouvernement du Canada par l'entremise du Programme d'aide au développement de l'industrie de l'édition (PADIÉ) pour nos activités d'édition.

ASSOCIATION NATIONALE DES ÉDITEURS DE LIVRES Membre de l'Association nationale des éditeurs de livres.

LES ÉDITIONS DES INTOUCHABLES
4701, rue Saint-Denis
Montréal, Québec
H2J 2L5
Téléphone : 514-526-0770
Télécopieur : 514-529-7780
www.lesintouchables.com

DISTRIBUTION : PROLOGUE
1650, boulevard Lionel-Bertrand
Boisbriand, Québec
J7H 1N7
Téléphone : 450-434-0306
Télécopieur : 450-434-2627

Impression : Transcontinental
Illustration de la couverture : Boris Stoilov
Conception de la couverture et logo : Benoît Desroches
Infographie : Marie Leviel

Dépôt légal : 2009
Bibliothèque et Archives nationales du Québec
Bibliothèque nationale du Canada

ISBN : 978-2-89549-353-2

À Ingrid, Mylène, Judith, Geneviève, Emilie et Édith...
merci les filles!

CHAPITRE 1

Pendant que Maponos désespérait à l'idée de voir toute la Gaule tomber entre les mains des Romains, à Ériu, la situation ne s'était guère améliorée. La guerre persistait entre Cuchulainn, le héros ulate, et les souverains Mebd et Aillil. Le roi et la reine du Connachta se demandaient comment se débarrasser du Chien de Culann qui, à lui seul, réussissait depuis des jours à tenir en échec les meilleurs guerriers de quatre des cinq royaumes d'Ériu.

Mebd ne décolérait pas. Elle était maintenant complètement concentrée sur un seul objectif : tuer Cuchulainn. Plus rien ne pouvait lui faire entendre raison. Même lorsqu'elle avait appris que le fameux Brun de Cúailnge, le magnifique taureau dont la propriété était l'enjeu de cette guerre, avait été capturé et était en route pour le Connachta sous la surveillance de quelques-uns de ses hommes, elle avait décidé de poursuivre le combat. Désormais, en plus de la tête du héros ulate, elle voulait s'emparer des terres d'Ulaidh…

Aucun argument ne parviendrait à la convaincre de cesser les hostilités.

– Plus le temps passe, plus les batailles s'éternisent et plus la colère de Cuchulainn s'intensifie, lui fit remarquer Aillil. J'ai bien peur qu'il se serve de son étrange «lumière du héros», qui jaillit de son front lorsque la fureur le domine totalement.

– Je le redoute aussi, soupira Mebd qui tenait conseil avec son mari, ses chefs de guerre et ses druides dans sa luxueuse tente de campagne. On dit que, lorsqu'il entre en transe, ses pieds tournent par-derrière, que tout son corps pivote, que ses cheveux se hérissent jusqu'à en devenir comme les épines du plus dangereux des ronciers.

– Ça doit être des racontars d'Ulates pour tenter de nous impressionner, se moqua Aillil.

– Tu te trompes, c'est tout à fait véridique. Dès lors, il ne reconnaît plus personne, intervint Fergus l'Exilé, l'ancien roi d'Ulaidh. Ni amis ni compagnons. Il peut frapper par-devant et par-derrière... cela lui vaut le surnom de Contorsionniste d'Emain Macha. Je l'ai souvent vu à l'œuvre, c'est très impressionnant.

Les trois rois continuèrent à deviser longtemps des prouesses du Chien de Culann. Ils ne s'aperçurent pas qu'un très jeune guerrier au service de Fergus du nom de Lughaid Riab, c'est-à-dire aux Bandes rouges, qui était en réalité le fils adoptif de Cuchulainn, s'était faufilé hors du camp. En secret, Lughaid Riab se rendit près de la rivière où le Chien de Culann avait établi son campement.

– Bienvenue, mon fils ! lança Cuchulainn. Quel message m'apportes-tu ?

– Je ne viens pas de la part d'Aillil ou de Mebd, mais bien de ma propre initiative, car je veux t'entretenir d'une nouvelle qui me cause les plus grands tourments.

– Que se passe-t-il ? Parle sans crainte, mon fils…, l'encouragea le guerrier ulate.

– Eh bien, voilà. Aillil et Mebd parlent d'envoyer contre toi Lairine, un de mes frères de lait*. C'est un pauvre sot, fier, vaniteux et arrogant… Mebd veut se débarrasser de lui et c'est pour cela qu'il sera choisi… pour que tu le tues.

– Pourquoi faire tuer un bon guerrier, même s'il est un peu niais ? s'étonna Cuchulainn.

– Pour que, moi, je décide de le venger et que je vienne ensuite te combattre, répondit Lughaid aux Bandes rouges. Mais je ne peux pas te frapper. Comme tu le sais, une geis nous interdit de lever les armes l'un contre l'autre, puisque tu es mon père et mon maître. Alors, je t'en prie, Cuchulainn, épargne Lairine.

Cuchulainn garda le silence pendant de longues secondes qui parurent une éternité à Lughaid. Ce dernier scrutait le visage de son maître pour tenter de percer le secret de sa réflexion. Le chien du forgeron sourit enfin et déclara sur un ton mystérieux :

– Tu peux compter sur moi, mon fils. Je vais faire en sorte que Lairine ait l'air d'être mort… mais il ne le sera pas.

Le Chien de Culann et son fils adoptif scellèrent leur accord en se faisant une accolade, puis Lughaid aux Bandes rouges regagna en douce le camp des combattants du Connachta.

Entre-temps, Mebd avait effectivement convoqué Lairine dans sa tente. Elle lui fit servir les meilleurs mets et les plus délectables boissons par sa fille Finnabair* qui venait tout juste de perdre son époux Fraech, noyé par Cuchulainn. À chaque fois que Lairine buvait, Finnabair lui donnait un baiser.

– Mebd n'offre pas un traitement royal comme celui-ci à n'importe qui, murmura la jeune fille dans l'oreille du vaniteux Lairine.

– Comment cela ? demanda le sot en avalant goulûment les mets que la fille de Mebd lui offrait.

– Ma mère n'a que cinquante chariots chargés de marchandises pour elle-même, et elle consent à en retrancher le meilleur pour te l'offrir… Vraiment, elle te tient en très haute estime !

– C'est vrai, ce que dit Finnabair, ajouta Mebd. Je pense que tu ferais un excellent époux pour ma fille. Et si tu consens à combattre Cuchulainn demain, alors je te couvrirai de cadeaux lorsque nous célébrerons votre mariage…

Lairine se laissa bercer par ces belles paroles, mangea et but à volonté, tant et si bien qu'il finit par promettre à Mebd qu'il irait combattre le Chien de Culann.

D'ailleurs, il était tellement impatient qu'il dormit peu cette nuit-là et, aux premiers rayons de Grannus, il se retrouva au gué de la rivière. Il n'avait même pas pris la peine de se faire accompagner par d'autres guerriers afin que ceux-ci assistent à ses exploits, tant il était convaincu de sa supériorité. Seuls quelques serviteurs de Finnabair, qui avaient la ferme intention de se moquer de lui parce qu'à coup sûr il allait mordre la poussière, le filèrent discrètement vers le lieu de la bataille. Cuchulainn vit arriver Lairine et se rendit au-devant de lui, mais sans arme.

Le Chien de Culann se saisit aussitôt du vaniteux par le collet et lui asséna plusieurs coups de poing qui désarmèrent rapidement le jeune homme. Puis, il le secoua, le serra et le pressa si fort que Lairine sentit toutes ses forces l'abandonner. Ensuite, Cuchulainn le fit tourner autour de sa tête et le lança si haut et si loin que Lairine atterrit la tête la première dans la tente de Lughaid. Constatant la brièveté du combat et la façon dont il s'était conclu, les serviteurs de Finnabair se hâtèrent de revenir au camp. Personne n'entendait plus à rire.

De ce jour, le jeune Lairine ne réussit plus jamais à se lever sans avoir mal partout, sans pousser des gémissements. Il ne réussit plus jamais à manger sans souffrir de maux de ventre. Comme l'avait promis le Chien de Culann, il n'était pas mort, mais il en avait tout l'air. Cependant, Lairine put continuer à se vanter : il pouvait dire à qui voulait bien l'entendre qu'il était le seul guerrier à s'être tiré vivant d'un combat contre Cuchulainn.

Pendant plusieurs jours, de nombreux autres guerriers tentèrent encore une fois de tuer Cuchulainn, mais ils périrent de sa main, certains avec bravoure, d'autres avec lâcheté, mais tous avec une rapidité foudroyante.

Toutefois, ces batailles lassaient le chien du forgeron. Cuchulainn était fatigué et il se demandait quand les Ulates vaincraient enfin le mauvais sort qui les affaiblissait et pourraient le seconder pour repousser leurs ennemis.

Assis sur un tertre, il se réchauffait au feu que son cocher Loeg venait d'allumer pour la nuit. Les flammes léchaient le ciel lorsque Cuchulainn distingua au loin la silhouette de plusieurs centaines de guerriers venus de quatre des cinq provinces d'Ériu. Le Chien de Culann sentit la tristesse l'envahir. Les combats ne cesseraient donc jamais ! Il était las, mais aussi en colère contre Mebd et Aillil qui sacrifiaient leurs meilleurs hommes dans des batailles totalement inutiles, car il était invincible. En soupirant, il ramassa ses deux lances, son épée, son bouclier, sa redoutable Gae Bolga et, de sa gorge, monta son terrible cri de guerre.

La puissance de sa voix était telle que les bansidhe frissonnèrent sous leurs tertres et que les non-êtres du royaume de Cythraul se réfugièrent dans les recoins sombres de l'Anwn en tremblant. Parmi les guerriers d'Ériu, plusieurs prirent peur, certains virent leurs cheveux blanchir instantanément, tandis que d'autres périrent sur-le-champ, victimes d'une foudroyante crise cardiaque. Cela eut pour effet de dissuader les survivants d'attaquer ce soir-là et, piteux, ils retournèrent tous à leur campement.

Soudain, Loeg se leva à son tour. Il venait d'apercevoir un homme seul qui traversait la plaine et se dirigeait droit vers eux.

– Petit Chien ! fit le cocher pour attirer l'attention de son seigneur. Voici un homme qui vient vers nous…

– De quoi a-t-il l'air ? demanda Cuchulainn en remettant nonchalamment ses chaussures, qu'il venait tout juste d'enlever pour réchauffer ses pieds glacés à la chaleur du feu.

– Il est grand… il a une crinière flamboyante sous un casque doré. Il porte une superbe tunique verte et une cape de même couleur. Il a aussi une belle ceinture d'or retenue par un fermoir rouge. Son bouclier est rond, sombre, mais brillant. Une épée lui bat le côté gauche, et il porte une lance. Personne ne semble faire attention à lui. On dirait que nous sommes les seuls à le voir.

– Effectivement ! fit Cuchulainn en fixant son regard borgne sur le nouveau venu. Il traverse les rangs de nos ennemis et personne ne le remarque. C'est étrange, mais je crois que je le connais. C'est un homme du Síd. Les Tribus de Dana ont eu vent de mes souffrances et c'est sûrement l'un des dieux qui vient vers moi… pour m'emporter dans la mort.

Cuchulainn se rassit, totalement abattu, son œil unique fixé sur les flammes qui montaient de son feu de camp. Il se demandait si toute cette aventure en avait valu le coup.

– Cuchulainn…, l'interpella le dieu des Thuatha Dé Danann lorsqu'il fut tout près du vaillant héros. N'aie aucune crainte ! Je suis venu pour t'aider.

– Qui es-tu donc ? l'interrogea le Chien de Culann qui, lorsque l'homme du Síd posa sa main sur son épaule, ressentit un étrange bien-être l'envahir. C'était comme si toute sa fatigue désertait son corps d'un coup.

– Ne me reconnais-tu donc pas ? Je suis ton père, Lug, le dieu de la Lumière. J'ai quitté le Síd pour te porter assistance.

– Ah, père, si tu savais comme mes souffrances et mes fatigues sont lourdes sur mes épaules…, se lamenta le chien du forgeron en adressant un regard triste au dieu.

– Écoute-moi, mon fils ! Un lourd sommeil va t'emporter. Tu pourras te reposer pendant trois jours et trois nuits. Et pendant ce temps, je veillerai sur toi et je ferai en sorte que les frontières d'Ulaidh soient défendues contre tes ennemis.

Cuchulainn ne répondit rien, car son corps se détendait déjà. Il sentit ses paupières s'alourdir, sa tête tomba sur le côté et il s'enfonça dans un profond sommeil. Il n'avait pratiquement pas fermé l'œil depuis des jours et des jours, à l'exception de quelques heures de somnolence qu'il avait volées ici et là tout en demeurant aux aguets, veillant à empêcher l'invasion de son pays.

Pendant que Cuchulainn se reposait, Lug commença à lui prodiguer des soins. Le dieu de la Lumière employa des plantes venues du Síd pour soigner les blessures du vaillant héros, tout en murmurant des incantations magiques pour effacer les plaies et les contusions qui meurtrissaient son corps.

Loeg, tout aussi fatigué que son maître, s'assoupit à son tour, car les paroles de Lug étaient un puissant somnifère. Si bien que ni le héros ni le cocher ne virent arriver du nord d'Ulaidh une importante troupe de guerriers conduite par Follomain, un des fils du roi Conchobar.

La faiblesse qui terrassait les combattants d'Ulaidh avait quitté ces jeunes gens avant les autres grâce à l'intervention des Thuatha Dé Danann, et ils étaient aussitôt partis au secours de Cuchulainn, après que les dieux les eurent mis au courant de la situation en leur parlant dans leurs rêves.

Follomain s'était promis de ramener les têtes d'Aillil et de Mebd à Emain Macha. Toutefois, le jeune chef de guerre allait bientôt s'apercevoir qu'il avait présumé de sa force. En trois jours, ses troupes livrèrent trois batailles, mais chaque fois un tiers de ses hommes tombèrent au combat. Si bien qu'à un moment Follomain resta seul sur le champ de bataille. Attaqué par les gens d'Aillil, il perdit la vie lorsqu'il tenta d'approcher le roi dans l'intention d'honorer sa promesse en lui tranchant la tête.

Au moment même où le fils de Conchobar rendait son dernier souffle, Cuchulainn se réveilla enfin, frais et dispos. Son corps ressemblait à une énorme boule rouge remplie de vigueur.

– Ai-je vraiment dormi trois jours et trois nuits ? demanda-t-il à Lug en sentant l'énergie revenue dans chaque fibre de son corps.

– Oui ! Tu avais besoin de guérir et de régénérer tes forces…

– Ah, quel malheur ! geignit brusquement le Chien de Culann. Je suis couvert de honte.

– Comment cela ? s'étonna le dieu de la Lumière.

– Pendant que je dormais, les armées d'Aillil et de Mebd n'ont pas été attaquées, j'ai donc rompu nos conventions…

– Pas du tout, mon fils. Des Ulates sont venus et ils ont combattu pour toi.

Lug raconta alors comment Follomain avait mené ses troupes à la bataille, mais ce récit ne remonta pas du tout le moral de Cuchulainn. Au contraire.

– Si je n'avais pas perdu toutes mes forces, je n'aurais pas eu besoin de dormir pendant tout ce temps, et les jeunes d'Ulaidh n'auraient pas eu à intervenir et à perdre ainsi la vie. Tout est de ma faute, se lamenta-t-il en se laissant tomber sur le tertre qui lui avait servi de couche.

– Reprends le combat, Petit Chien, le harangua Lug. La mort des jeunes Ulates ne te déshonore pas et n'entache en rien ta renommée. Ils n'ont fait que leur devoir un peu plus tôt que leurs pères, et ils se sont comportés en braves.

– Reste avec moi, Lug, et aide-moi à les venger ! implora Cuchulainn en s'emparant du bras de son père féerique.

– Non. C'est à toi de le faire. Tu as prouvé ta valeur, et c'est ton devoir de protéger ton pays et ceux qui y vivent. Pour le moment, aucun guerrier d'Ériu ne peut rien contre toi.

Lug embrassa son fils et s'en alla sans dire où il avait l'intention de se rendre. Comme ce n'était pas dans sa nature de se laisser abattre, Cuchulainn ne tarda pas à retrouver toute sa fougue. Il se tourna vers son cocher.

– Loeg, prépare mon char armé de faux et enfile ton équipement de combat. Il est temps que nous retournions à la bataille.

Le cocher revêtit une tunique de peau tannée légère, cousue avec des tendons de cerf; par-dessus, il déposa un manteau en plumes de corbeau. Puis, il ceignit son front d'un fil d'or, symbole de sa qualité de cocher, et installa sur sa tête son casque à crête portant quatre couleurs différentes. Il déposa des cuirasses de métal ornées de broderies étincelantes sur le dos du Gris de Macha et du Noir de la Vallée Sans Pareille de manière à ce que les deux chevaux soient bien protégés, de la tête jusqu'au bout des sabots. Ensuite, Loeg vérifia attentivement les petites lances pointues qui armaient le char. Par des paroles magiques, il fit en sorte que ces armes demeurent invisibles à tout guerrier d'Ériu, sauf à lui-même et à Cuchulainn. En tant que cocher, Loeg avait d'autres atouts qui lui assuraient une certaine supériorité sur les autres conducteurs de chars, car le Gris de Macha et le Noir de la Vallée Sans Pareille, qui avaient été élevés dans l'Auberge de la Boyne, située dans le Síd, avaient la faculté de sauter par-dessus les plus profondes crevasses et pouvaient se diriger et tourner sur eux-mêmes dans un espace très exigu.

Pendant ces préparatifs, Cuchulainn sentit monter en lui une fureur indomptée. Entrant en transe, il se mit à se contorsionner et à se métamorphoser. Tous les traits de son visage se déformèrent, son œil roula dans son orbite, sa bouche s'étira en un rictus effrayant, de la bave en sortit et des crocs remplacèrent ses dents. Son corps dégageait une chaleur si intense que des nuages de condensation se formèrent quand l'air ambiant toucha sa peau. Des orages éclatèrent lorsque de son œil mort jaillirent des éclairs. Ses cheveux se hérissèrent en milliers de pics mortels, puis de son front jaillit la « lumière du héros » : un jet de feu rougeoyant et brûlant qui consuma les hautes herbes autour de lui. Il respirait tellement fort que son haleine déracina deux immenses hêtres qui se trouvaient sur son passage.

Loeg grimpa dans le char où Cuchulainn le rejoignit, bien dissimulé sous un voile d'invisibilité, cadeau que Manannân, le fils de l'océan, lui avait fait à sa naissance. Le Chien de Culann frappa alors sur son bouclier pour prévenir ses ennemis de son approche. Le roulement de tonnerre qu'il déclencha en fit fuir plusieurs. Aussitôt, le cocher fouetta les deux chevaux, et le char de combat prit la direction choisie.

Sur leur passage, des mottes de terre, des pierres, même des rochers se soulevaient en nuages de poussière sous les roues lancées à vive allure.

Ce fut ainsi que Cuchulainn et Loeg passèrent au travers des armées d'Ériu. En moins de trois rondes concentriques, ils firent un carnage terrible parmi les hommes d'Aillil et de Mebd sans que ceux-ci ne puissent même se rendre compte de ce qui leur arrivait, tellement la vitesse de rotation du char de Cuchulainn était grande. Ils eurent l'impression d'être pris dans un tourbillon destructeur qui ne laissa derrière lui qu'hommes, animaux, chars et tentes enchevêtrés.

Sous les coups, cent trente rois et chefs de clans perdirent la tête, sans compter les femmes, les enfants, les serviteurs, les vagabonds et les animaux qui eurent le malheur de se trouver sur le chemin du Chien de Culann. Seulement un tiers des guerriers d'Ériu survécurent à sa déferlante furieuse qui balaya la plaine de Muirthemné, un territoire que les Gaëls mortels lui avaient offert dans sa jeunesse.

Lorsque sa rage se fut apaisée, le chien du forgeron regagna, pour s'y reposer, le tertre où il avait choisi d'établir son campement. Le lendemain, sa colère retombée, il enfila ses habits de fête et vint se pavaner devant les femmes d'Ériu en leur montrant son plus beau visage, car il s'était dit que l'apparence qu'il avait arborée la veille durant le combat ne faisait pas honneur à sa beauté de héros.

Il tenait neuf têtes de guerriers dans une main et dix dans l'autre. Il les agita devant les armées d'Aillil et de Mebd pour bien montrer sa valeur, son habileté et son audace. Des clameurs montèrent parmi ses ennemis, car malgré le carnage qu'il avait causé, tous reconnaissaient en s'extasiant son adresse, son courage et sa force légendaires. Quant aux femmes, qu'elles soient guerrières, paysannes ou esclaves, toutes lui trouvèrent la beauté redoutable du héros et plusieurs se mirent à espérer qu'il les prendrait pour épouses dans un futur proche.

Pour sa part, hébétée par ce déchaînement de violence, Mebd se cacha sous une carapace de boucliers que ses hommes les plus fidèles dressèrent devant elle pour lui éviter d'être emportée par une pierre de fronde, s'il prenait l'envie à Cuchulainn d'en décocher une dans sa direction. Mais le chien du forgeron ne s'occupa ni de la reine ni de son époux.

CHAPITRE 2

Pendant que Cuchulainn se dressait seul contre tous dans la plaine de Muirthemné, Arzhel et Sualtam s'étaient retranchés dans Emain Macha, la capitale d'Ulaidh. Le jeune druide essayait, en pure perte jusque-là, de réveiller l'ardeur des guerriers qui étaient affaiblis depuis plusieurs jours. Il confectionnait potion sur décoction, faisant appel à toutes ses connaissances druidiques et à toute la panoplie de plantes fraîches et séchées que contenaient les bocaux des druides ulates, eux aussi inexplicablement atteints du même mal que les combattants.

– Je ne m'explique pas du tout ce qui se passe, confia-t-il à Sualtam.

– Moi, encore moins, répondit le père adoptif du Chien de Culann. Je suis le seul homme valide en Ulaidh à ne pas être victime de ce mauvais sort et je ne comprends pas pourquoi j'y ai échappé !

Un grand cri résonna alors dans la ville. En levant les yeux au ciel, Arzhel vit un gros corbeau qui tournoyait ; il réprima un frisson. Il savait parfaitement qui les observait ainsi. Encore une fois, son impuissance l'accabla ; il ne pouvait rien faire pour chasser Macha la noire qui le tenait totalement sous son emprise. Il suffisait qu'elle apparaisse pour qu'il sente toute sa volonté le quitter et ses mauvais instincts prendre le dessus sur ses bonnes dispositions.

— Sualtam, peux-tu me trouver du merioi-toimorion* ? demanda-t-il au vieil homme, en sachant très bien que cette plante ne poussait pas dans les environs.

Cette demande n'était qu'un prétexte pour éloigner le père adoptif de Cuchulainn assez longuement ; il ne voulait pas que ce dernier soit le témoin de sa rencontre avec Macha la noire.

Dès que le vieil homme se fut éloigné, la Dame blanche se posa devant Arzhel dans un grand battement d'ailes noires, puis reprit aussitôt une forme humaine.

— Alors, mon garçon ! Tes efforts restent vains, n'est-ce pas ? Pourquoi t'entêtes-tu à vouloir soigner ces incapables Ulates ? N'as-tu pas mieux à faire ?

— Quoi, par exemple ? demanda Arzhel sur un ton qu'il voulait à la fois ironique et détaché, même si, déjà, il sentait se glisser en lui des idées moins généreuses envers ses amis d'Ulaidh.

— Quoi, par exemple ! persifla Macha d'une voix criarde. Espèce d'idiot ! Par exemple, profiter du fait que toutes les armées d'Ériu sont réunies ici pour aller prendre le pouvoir à Tara… Ça ne t'a pas effleuré l'esprit?

— Le Haut-Roi est resté à Tara avec ses gardes… et je pense même que les Fianna doivent y être aussi, répliqua Arzhel en haussant les épaules, se moquant des idées de la sorcière, qu'il jugeait farfelues.

— Tiens, tu penses, maintenant!… Mais tu penses mal! Finn et les chevaliers des Quatre Royaumes sont dans la forteresse d'Allen. La voie de Tara est libre…

— Pour quoi faire? s'étonna Arzhel qui ne voyait toujours pas où Macha la noire voulait en venir.

— Pour prendre le pouvoir, triple buse! croassa Macha dont le visage avait repris, l'espace d'une seconde, l'apparence d'une tête de corbeau.

— Buse? fit Arzhel en éclatant de rire, tant l'expression l'étonnait.

— Oui, tu es aussi bête qu'une buse. Au contraire d'autres rapaces, il est impossible de dresser pour la chasse cet oiseau entêté. De tout temps, on l'a considéré comme une créature imbécile et sotte… ce que tu es aussi!

— À mon avis, c'est plutôt le contraire, rétorqua Arzhel, fâché d'être traité de sot. Si la buse refuse de se laisser dresser, elle a bien raison… c'est elle, la plus intelligente!

Et je suis honoré que tu me compares à un oiseau aussi entêté, se dit-il en lui-même.

Peut-être est-ce la preuve que je parviens à te résister, même un tout petit peu?…

– Bon, on ne va pas se mettre à disserter sur les qualités des oiseaux de proie, fit Macha sur un ton tranchant. Allez, suis-moi, nous partons pour Tara où le pouvoir peut tomber sans coup férir entre nos mains…

– Il n'en est pas question, s'obstina Arzhel. Je n'abandonnerai pas Cuchulainn. Je dois absolument trouver un remède pour tirer les guerriers ulates de leur léthargie* et les envoyer seconder leur vaillant héros sur le champ de bataille.

Macha éclata d'un rire éraillé et effrayant. Les plumes de sa cape se hérissèrent en frissonnant.

– Tu es vraiment un idiot. Tu n'as pas encore compris ! C'est grâce à moi s'ils sont dans cet état…

– À cause de toi ! la corrigea Arzhel en dévisageant la Dame blanche, toujours secouée par un rire diabolique.

– Grâce à moi… moi… Grâce à moi ! martela-t-elle. Ah !… ils paient et vont payer pendant neuf générations tout ce qu'ils m'ont fait subir dans ma jeunesse…

En soutenant le regard de Macha, Arzhel se sentit aspiré dans un tourbillon… attiré par des images venues du passé.

Il vit se dresser devant lui une grande forêt. Tournant sur lui-même, il chercha à s'orienter et, surtout, à trouver un repère connu qui pourrait lui donner quelque indice sur l'endroit où il se trouvait. Mais le lieu ne lui rappelait rien. Il s'avança en direction d'une trouée qu'il devinait entre les hauts arbres et parvint enfin à une cabane devant laquelle s'activait un fermier. Il héla le paysan.

— Bonjour, étranger, lui répondit l'homme. Je m'appelle Crunniuc… Viens, ne reste pas dehors, car l'orage menace.

Et il invita Arzhel à trouver refuge dans sa modeste demeure. Le jeune druide y découvrit une bonne douzaine de petits garçons dépenaillés, attablés devant un bouillon clair où surnageaient deux petits tronçons de navets et quelques grains d'orge trop cuits. Le repas était vraiment très frugal pour ces jeunes estomacs affamés.

— Ma femme est morte… et je travaille dur pour nourrir toute ma marmaille. Malheureusement, je n'ai qu'un champ qui ne donne pas beaucoup et quelques vaches qui suffisent à peine à fournir la famille en lait et fromage, lui dit le paysan.

Il lui tendit néanmoins une écuelle du léger brouet* fumant, la sienne. Obéissant aux lois de l'hospitalité, l'homme n'hésitait pas à se priver pour faire honneur à son invité.

Arzhel allait refuser l'offrande lorsque sa vision changea. Il était toujours dans la ferme de Crunniuc, mais cette fois, il vit l'homme avec sa charrue s'échiner à labourer un champ envahi de racines difficiles à arracher. Le jeune druide s'avança pour proposer son aide lorsqu'il vit arriver une très belle jeune femme aux longs cheveux noirs. Il se figea. Elle lui rappelait Macha la noire, mais elle semblait tellement gentille qu'il écarta vite cette impression. La Macha qu'il connaissait n'était jamais gentille, même pas par intérêt.

La nouvelle venue était vêtue d'une splendide robe verte et d'un manteau de même couleur fermé par une fibule d'or et de bronze en forme de cheval qui rue. Elle portait un torque d'ambre et de son visage irradiaient la grâce et la beauté. Arzhel n'avait jamais vu de jeune femme aussi belle. Celle-ci se dirigea vers Crunniuc. Le paysan, surpris, lâcha sa caruca*.

– Qui es-tu ? Que puis-je pour toi ? demanda-t-il à la belle inconnue.

– Je peux t'aider, répondit la femme. Je sais que ta chère épouse est morte et que tu as douze bouches à nourrir. Tu travailles jour et nuit et pourtant tu es pauvre. Je peux t'aider.

– Hum ! fit le paysan. Regarde-toi, tu es douce et délicate, tu n'auras pas la force de labourer un champ, et encore moins de manier la caruca qui est beaucoup trop lourde pour tes mains si fines.

– C'est ce que tu penses ? répondit la femme en ramassant l'outil de labour et en commençant à tracer un profond sillon dans le champ.

Puis, elle en fit un deuxième, et un troisième, et ainsi de suite jusqu'à ce que, en très peu de temps, tout le champ soit labouré. Mais le plus étonnant était qu'elle ne s'était sali ni les mains ni les vêtements, et qu'elle ne semblait pas fatiguée le moins du monde.

Intimidé, le paysan demeura sans voix et elle s'aperçut de son trouble.

– Alors, Crunniuc, t'ai-je assez impressionné pour que tu désires me prendre pour femme ?

Le paysan continua à ouvrir tout grand la bouche sans pour autant qu'un seul son puisse en sortir.

– Eh bien, puisque cela ne semble pas te satisfaire… allons traire tes vaches, car il m'apparaît, à les entendre beugler, qu'elles en ont bien besoin.

La femme se dirigea vers l'étable et examina une à une les quatre vaches maigres du fermier.

– Ce sont de belles bêtes… Je suppose qu'elles donnent beaucoup de lait.

Le paysan soupira. En fait, ses petites vaches noires étaient squelettiques et fournissaient très peu de lait, mais il n'osa pas contredire cette belle jeune femme qui déjà s'était emparée d'un chaudron et s'était installée sur un billot de bois pour traire ses bêtes. Elle travailla si vite et si bien que rapidement le chaudron se remplit de lait. Crunniuc n'en avait jamais obtenu autant.

– Et maintenant, qu'en penses-tu ? Es-tu prêt à m'accueillir chez toi ?

Le paysan se décida enfin à parler. Il craignait surtout que la belle jeune femme change d'idée et s'en aille.

— Eh bien, si tu le veux, ma maison sera la tienne ! fit-il, trop heureux de l'aubaine.

— C'est bien, reprit la femme. Mais j'y mets des conditions.

Crunniuc se montra subitement inquiet, car il se doutait bien qu'il avait affaire à une bansidh, mais elle le rassura vite.

— Ce n'est pas compliqué. D'abord, tu devras me laisser agir à ma guise en tout temps. Tu ne devras jamais me faire le moindre reproche et, surtout, en dehors de tes enfants et de toi, personne ne devra jamais savoir que je vis dans ta maison. Tant que tu respecteras ces conditions, je resterai près de toi et tu ne seras plus jamais pauvre et sans ressources ; tes enfants n'auront plus à souffrir de la faim.

— Par Hafgan ! jura Crunniuc. Je m'y engage sur mon honneur. Je respecterai toutes tes conditions. Mais maintenant, dis-moi ton nom…

— Je suis Macha des Tribus de Dana…

— Eh bien, Macha, sois la bienvenue dans ma maison.

Arzhel, qui avait assisté à toute la scène, ouvrait des yeux immenses. Lui aussi était sans voix. De prime abord, il avait bien cru reconnaître Macha la noire en cette belle et distinguée jeune femme et, pourtant, au fond de lui-même, il s'était dit qu'il était impossible que celle-ci et la redoutable Dame blanche ne fassent qu'une. Que s'était-il donc passé pour qu'une aussi gentille bansidh, prête à aider un pauvre paysan, devienne la redoutable sorcière qu'il connaissait? Et pourquoi tenait-elle tant à vivre parmi les Gaëls? En devenant l'épouse de Crunniuc, elle renonçait à sa divinité.

Mais Arzhel n'eut pas le temps de s'interroger plus longtemps, car déjà sa vision était remplacée par une autre.

La modeste cabane de Crunniuc était devenue une belle maison où régnait la joie de vivre. Les enfants du paysan étaient bien dodus et avaient de belles joues rouges, signes de leur bonne santé. L'intérieur de la résidence embaumait la bonne soupe, et Arzhel vit que l'insipide brouet que lui avait proposé le maître des lieux avait disparu pour faire place à un alléchant bouilli rempli de bonne viande et de succulents légumes. Il remarqua aussi que les vaches étaient bien grasses et fournissaient du lait en abondance, et que les champs produisaient non seulement de l'orge, mais aussi d'autres céréales. Crunniuc était devenu prospère.

Le grincement d'une porte attira son attention. Il se retourna et vit s'avancer Macha, qui tenait son ventre à deux mains. Assurément, elle attendait un heureux événement pour les jours à venir. Crunniuc s'approcha d'elle, déposa à son tour une main sur le ventre de Macha, dans un geste rempli de tendresse pour le bébé à venir et pour sa compagne.

– Je dois me rendre à la cour d'Éber*, murmura Crunniuc. Le roi a convoqué tous les fermiers, artisans et guerriers à une importante réunion dans la Haute Plaine*. Je ne peux pas me soustraire à cette obligation.

Éber! songea Arzhel. C'était le premier roi d'Ulaidh lorsqu'Ériu a été partagée entre Érémon et lui, donc juste après que les Tribus de Dana eurent été vaincues par les Gaëls et obligées d'aller vivre sous terre. Macha a donc décidé de rester avec les mortels plutôt que d'être obligée de vivre dans le monde souterrain. Bien. Je suis donc en train de voir le passé… de suivre l'histoire de Macha.

Arzhel vit Crunniuc quitter sa demeure, puis sa vision changea encore et il assista à la réunion dans la Haute Plaine. Comme le voulait la coutume, les druides parlèrent en premier, puis le roi prit la parole. La réunion avait pour but de fixer les tributs que les paysans devraient offrir au roi et la façon dont l'impôt serait prélevé en fonction du rang de chacun. On détermina ce que devait payer l'artisan, ce que devait donner le paysan et comment devait se comporter le guerrier. Puis, après les interminables discussions, vint la fête. Comme toujours, elle durerait trois jours et trois nuits pendant lesquelles boissons et nourriture seraient servies en abondance. Le roi avait l'obligation de bien nourrir ses vassaux* lorsqu'il les invitait dans sa forteresse.

Vint ensuite l'heure des jeux. Certains s'affrontèrent dans de grandes parties de fidchell*, d'autres s'inscrivirent pour une rencontre de hurling*. Le gouren*, le saut en longueur, le lancer de billots de bois attirèrent aussi de nombreux adeptes, tandis que les chasseurs préférèrent se mesurer les uns aux autres dans des compétitions de fauconnerie. Les guerriers s'affrontèrent à la fronde ou au lancer du javelot, tandis que des courses de chevaux et de chars opposèrent les chefs de clans. Arzhel ne tarda pas à remarquer que les attelages du roi Éber remportaient toujours la victoire. Le roi possédait de splendides bêtes bien nourries et bien entraînées, et chacun reconnaissait qu'il n'y avait pas de meilleurs étalons dans tout l'Ulaidh, voire dans tout Ériu.

Crunniuc, qui avait un peu forcé sur la bière et l'hydromel, ne put retenir sa langue lorsque le roi remporta sa septième victoire de suite.

– Je suis d'accord. Les chevaux d'Éber sont rapides, mais, moi, je connais quelqu'un qui pourrait les battre à la course sans même s'essouffler, murmura-t-il très bas, presque pour lui-même.

– Tu possèdes un cheval plus rapide que ceux d'Éber? se moqua un guerrier qui l'avait entendu.

– Non. Pas un cheval. Je te parle de ma femme, répondit Crunniuc tout à fait sérieusement.

La déclaration du paysan s'attira des ricanements, mais, courant de bouche à oreille, elle finit par parvenir à Éber. Le roi n'était pas homme à laisser passer de tels propos, même s'il ne s'agissait assurément que de vantardises d'un paysan ayant trop bu.

– Je ne tolérerai pas qu'un de mes fermiers ose me défier… Qu'il me prouve ses allégations.

Crunniuc fut traîné devant le roi. Une fois encore, emporté par son ivresse, il répéta son défi.

– Macha est légère, rapide et je suis sûr qu'elle touchera au but avant tous tes chevaux.

– Eh bien, va chercher ta femme ! ordonna le roi.

– Euh… c'est que… elle est enceinte et sur le point d'accoucher, bredouilla Crunniuc qui prit soudain conscience de ses propos.

Éber, qui n'avait pas la réputation d'être patient et agréable, entra dans une violente colère.

– Tu viens chez moi m'insulter en disant que ta femme peut battre n'importe lequel de mes chevaux, mais quand vient le moment de le prouver, tu te dérobes. Tu n'es qu'un lâche et un vantard. Tu vas payer tes propos de ta vie. Qu'on écorche cet impudent !

– Mais… Macha est sur le point d'accoucher ! Comment veux-tu qu'elle coure dans son état ?… Ce n'est pas possible pour le moment.

– Si ce n'est pas le moment maintenant… eh bien, ce ne le sera jamais, car tu vas perdre la vie et ta famille aussi ! Qu'un messager aille me chercher cette Macha… Si elle échoue, je prendrai la tête à tous les tiens, paysan.

Les messagers partirent en direction de la ferme de Crunniuc.

Arzhel retenait son souffle. Il n'osait croire à la scène qui se déroulait devant ses yeux. Macha venait d'arriver à la forteresse du roi Éber. Elle attira son époux à l'écart.

– Tu as renié ta promesse, Crunniuc. Tu m'avais promis de ne jamais parler de moi. Maintenant, à cause de toi, je vais être obligée de courir contre les chevaux du roi et, ainsi, de dévoiler mon appartenance aux Tribus de Dana. Tu m'as trahie ! Personne ne sortira gagnant de cette course, ni toi, ni moi… ni les Ulates !

Macha s'en alla trouver le roi Éber ; elle espérait obtenir un délai.

– Sage roi Éber, comme tu le vois, je suis sur le point de donner la vie. Permets-moi d'accoucher tranquillement et ensuite je courrai contre tes chevaux, comme l'a promis Crunniuc.

– Il est hors de question que je t'accorde un délai, s'emporta le violent Éber. Ton mari m'a insulté et il me doit réparation sur-le-champ. Si tu ne cours pas, là, maintenant, je vous fais trancher la tête à tous les deux… et à votre marmaille qui, m'a-t-on dit, est fort nombreuse.

– Je vais faire ce que tu me demandes, roi Éber… mais sache que les Ulates ne sortiront pas la tête haute de ce duel.

Macha alla se placer sur la ligne de départ. Le roi Éber avait fait aligner ses quatre meilleurs étalons, des chevaux vifs et rapides comme le vent qui avaient remporté toutes les compétitions auxquelles ils avaient participé.

Un druide hurla le signal du départ et tous partirent au triple galop. En raison de sa nature féerique, Macha prit rapidement la tête, ses pieds touchant à peine le sol. En fait, elle allait si vite qu'elle était presque invisible ; seuls un déplacement d'air et un nuage de poussière dans son sillage indiquaient son passage. Les concurrents firent le tour complet de la forteresse et Macha arriva la première, remportant ainsi la victoire.

Mais aussitôt arrivée, elle s'effondra sur le sol… et, dans un cri terrible, donna naissance à deux garçons. Ce hurlement vrilla les tempes de tous les participants à la fête, s'engouffra dans les vallées, courut dans les plaines, rebondit sur les montagnes et mourut sur les rivages d'Ulaidh.

– Soyez maudits, gens d'Ulaidh ! lança-t-elle à la face du roi Éber qui demeurait hébété par ce qui venait de se passer sous ses yeux. Vous n'avez pas eu de compassion pour une femme enceinte… Vous tous, hommes, femmes et guerriers, vous serez maudits jusqu'à la neuvième génération. Désormais, quand des ennemis menaceront vos frontières, vous serez aussi faibles qu'une femme enceinte, incapables de prendre les armes pour défendre vos familles. Tel sera votre châtiment. Seul un héros né d'une femme ulate et d'un dieu des Tribus de Dana échappera à ma malédiction. Quant à toi, Crunniuc, toi qui te disais mon tendre époux, tu ne mérites pas d'avoir de si beaux enfants que ces deux bébés.

Macha s'empara de ses deux nouveau-nés vagissants. Un tourbillon l'enveloppa et, se changeant en corbeau, elle disparut de la vue des Ulates.

La Dame blanche se rendit à la Brug na Boyne et, à l'insu de Mac Oc, le Jeune Soleil, elle échangea ses deux bébés, sous forme de poulains, à une jument qui venait de mettre bas.

Plus tard, ces deux enfants furent nommés le Gris de Macha et le Noir de la Vallée Sans Pareille, et devinrent les chevaux féeriques de Cuchulainn, le héros né d'une femme ulate, Dechtiré, et de Lug, dieu de la Lumière des Tribus de Dana. Il était le seul, avec son père adoptif Sualtam, à avoir échappé à la malédiction de Macha.

Arzhel songea qu'il n'avait pas vu Sualtam à la fête organisée par Éber et il se rendit compte que c'était probablement la raison pour laquelle le Nourricier n'avait pas été frappé par le mauvais sort. De plus, Sualtam, originaire du Laighean, n'était pas un Ulate de naissance.

Quant aux Ulates qui avaient changé de camp, notamment ceux qui avaient rejoint

Fergus l'Exilé* au sein des armées du Connachta, ils échappaient eux aussi à la malédiction tant qu'ils ne remettaient pas les pieds en Ulaidh.

Pour la première fois, le jeune druide ressentit de la compassion pour Macha la noire. Les souffrances qu'elle avait endurées lors de cette course pouvaient expliquer sa rancœur contre les Celtes… et peut-être aussi constituer la raison pour laquelle elle s'obstinait à vouloir prendre le pouvoir à Ériu en renversant les descendants d'Éber, le roi qui l'avait maltraitée.

Ses yeux se détachèrent du regard hypnotisant de Macha. La sorcière lui souriait malicieusement.

Azhel ne remarqua pas ce sourire étrange. Il s'interrogea plutôt sur la persistance de la Dame blanche à nuire à Celtina, car la jeune prêtresse n'avait rien à voir avec l'Ulaidh, ni avec Ériu; elle était originaire de la Gaule. Une partie de l'histoire secrète de Macha lui avait été dévoilée, mais, au fond de lui, Arzhel savait qu'il n'avait pas eu accès à tous les événements qui avaient marqué la vie de la Dame blanche. La sorcière cachait d'autres blessures profondes qui lui avaient forgé ce caractère rancunier et malveillant. Et il ne pourrait percer ce mystère que si elle le lui permettait.

Une fois encore, Macha lui sourit… et il lui répondit de la même manière. À la lumière de ces nouveaux renseignements, le jeune druide venait de décider de changer de tactique. Au lieu d'être forcé d'aider Macha la noire, cédant de toute façon devant son pouvoir maléfique, il allait lui prêter main-forte de son plein gré. Il espérait ainsi l'amadouer pour qu'elle lui dévoile enfin tous les petits secrets qu'elle recélait encore. La sorcière était parvenue à ses fins.

– Il faut profiter de l'absence de tous les guerriers qui sont réunis pour combattre Cuchulainn et nous rendre à Tara, expliqua-t-elle à Arzhel dès qu'elle eut compris qu'il l'aiderait. Le Chien de Culann a maintes fois prouvé qu'il sait très bien se défendre seul, et Sualtam parviendra à guider les guerriers ulates vers lui lorsqu'ils retrouveront leurs forces. Ne t'inquiète pas pour eux!

Arzhel acquiesça d'un signe de tête. Il jeta un dernier regard aux combattants ulates qui se plaignaient de maux de ventre et de tête, de nausées, de faiblesses, puis il suivit Macha la noire en direction d'An Mhí.

CHAPITRE 3

Macha et Arzhel firent un grand détour pour éviter les alentours de la plaine de Muirthemné qui était cernée de grands bois profonds et peu explorés. C'était le domaine des hors-la-loi, des brigands, de tous ceux qui refusaient de se soumettre aux rois, aux chefs de tribus, même à ceux de leurs clans. Ils vivaient en marge de la société, pillant, tuant et volant pour survivre, ne reconnaissant aucune autorité sauf la leur. Et Macha ne tenait pas à tomber face à face avec eux. En tant que sorcière, elle avait les moyens de se défendre, mais ne voulait pas être retardée par des combats inutiles, surtout que, de ces canailles, Longsech était sûrement le plus hardi. Il ne leur accorderait sûrement pas le droit de passage sans chercher à les détrousser. Il valait mieux ne pas se trouver sur son chemin.

Depuis qu'Aillil et Mebd régnaient sur le Connachta, Longsech passait son temps à piller les biens du couple royal, et pas une seule fois il ne s'était présenté aux assemblées de Cruachan.

Il se plaisait à dévaster le pays et à faire peur aux paysans en compagnie d'une douzaine de crapules comme lui. Sa petite bande était justement en train de camper non loin de la rivière où, depuis plusieurs jours, Cuchulainn tenait tête aux armées des quatre royaumes d'Ériu.

– Que faisons-nous ? demanda Longsech à ses complices. Devons-nous aider le Chien de Culann, nous ranger dans le camp royal ou tout simplement ne pas nous mêler de cette dispute entre le Connachta et l'Ulaidh ?

L'un des malfrats, qui était assez âgé et aspirait à une vie plus calme que celle de vagabond pourchassé par les guerriers royaux, proposa d'attaquer Cuchulainn.

– Nous sommes douze. Il est seul. Si nous ramenons sa tête à Aillil et Mebd, peut-être que la reine oubliera tous les torts que nous lui avons fait subir.

– Nous pourrions sans doute avoir une belle récompense, enchaîna un troisième larron.

– Tu as raison, je commence à être las de vivre dans les bois comme un animal sauvage, poursuivit un quatrième. Si nous débarrassons ce pays de Cuchulainn, nous pourrons obtenir pour chacun d'entre nous des terres, une belle ferme de la part d'Aillil et Mebd.

Chacun y alla de ses arguments. Il y en avait fort peu en faveur du Chien de Culann. Tous les brigands, sauf un qui finit par se ranger aux raisons de ses complices, optèrent pour le combat contre Cuchulainn. Mais pour s'assurer de la victoire, ils convinrent de l'attaquer tous en même temps.

Malheureusement pour eux, ils avaient présumé de leurs forces et de leurs ruses. Cuchulainn, mis en fureur par ce mépris de l'honneur qui avait entraîné les brigands à attaquer tous ensemble un homme seul, tourbillonna dans les airs comme un ouragan et retomba sur eux en faisant des moulinets. On l'eût cru armé d'une douzaine d'épées. Il trancha les douze têtes sans coup férir. Puis, toujours mû par la rage, il releva douze menhirs sur lesquels il ficha les têtes ; sur une treizième pierre, il traça en oghams une inscription qui dénonçait Longsech. À tout jamais, le mégalithe conserverait cette trace de la déloyauté du brigand, entachant son nom pour les siècles à venir.

La nouvelle de la mort ignominieuse de Longsech fut rapportée à Aillil et Mebd, qui s'étaient réunis avec d'autres chefs de tribus pour décider de la conduite à tenir pour venir à bout de Cuchulainn.

L'un des chefs proposa de lancer toute l'armée contre lui en même temps, de l'encercler et de lui régler son compte une fois pour toutes. Une telle proposition fit bondir Fergus l'Exilé. Il abattit son poing sur le visage de l'insolent qui prônait le déshonneur et lui cassa le nez.

– As-tu une meilleure idée pour venir à bout de ce maudit Chien de Culann ? grogna Mebd.

– Je ne supporte pas que l'on traite Cuchulainn de cette façon. C'est un guerrier fier et droit qui mérite d'être combattu loyalement, non tué par traîtrise, répondit Fergus.

– Eh bien, pourquoi n'y vas-tu pas toi-même et ne le combats-tu pas à ta manière ? railla Mebd.

– Cuchulainn a été mon élève, je lui ai enseigné tous mes coups. Il serait inconvenant que je l'affronte.

– Eh bien, justement ! Tu connais tous ses tours, c'est à toi de lui faire face, répliqua Mebd. Tu es le mieux placé pour le vaincre.

– On ne te demande pas de le tuer, tempéra Aillil, seulement de le soumettre, afin qu'il nous laisse le champ libre pour que nous entrions enfin en Ulaidh.

Fergus pesa longtemps le pour et le contre. Il ne voulait pas s'opposer à son ancien élève. Même le blesser et le soumettre étaient une trop grande humiliation pour un si bon guerrier. Mais d'un autre côté, s'il refusait d'affronter un ennemi, Aillil et Mebd seraient en droit de l'accuser de trahison. Il se sentait pris entre l'arbre et l'écorce.

– Non. Je suis désolé, finit-il par répondre à la question muette de Mebd qui le pressait du regard. Ce serait contraire à mon honneur !

– Ton honneur! explosa la reine du Connachta. Parlons-en, de ton honneur! Souviens-toi du jour où tu es venu me trouver comme une âme en peine parce que Conchobar t'avait volé la royauté… C'est moi qui t'ai rendu ton honneur en te traitant en égal et en te donnant une armée à commander.

Fergus sentit le rouge de la honte lui chauffer les oreilles. Les propos de Mebd le blessaient cruellement.

– Souviens-toi que nous t'avons aidé, Fergus l'Exilé, insista Aillil. Il est temps maintenant que tu paies ta dette envers nous.

Des larmes montèrent aux yeux de Fergus. Voyant cela, Mebd se radoucit et l'invita à partager un bon repas arrosé de bière. Comme toujours, elle entendait profiter du penchant des Ulates pour la boisson et la nourriture pour lui arracher une promesse. Et une fois encore, elle y parvint sans problème.

Le lendemain, dès l'aube, Fergus monta dans son char de combat, fouetta son cheval et se dirigea, l'âme en peine, vers le gué où Cuchulainn attendait quiconque voulait le combattre à armes égales.

– Ah, mon ami, mon maître! s'exclama Cuchulainn en voyant venir vers lui celui qui lui avait tant appris dans sa jeunesse. Quelles nouvelles m'apportes-tu?

– Elles sont mauvaises, Petit Chien, répondit Fergus, la voix brisée, sans descendre de son char.

Aillil et Mebd m'ont obligé, par la ruse, à venir te combattre. Je suis bouleversé.

– Tu t'es engagé à me combattre et tu dois le faire, mon maître. Regarde, tous les guerriers d'Ériu nous observent.

Cuchulainn désigna la plaine où les armées s'étaient rassemblées pour assister au combat entre l'élève et le maître. Tous les yeux étaient fixés sur eux.

– Nous ne pouvons rester ainsi, immobiles, à discuter! poursuivit Cuchulainn. Descends de ton char.

– Que faire? se lamenta Fergus sans sortir de son véhicule de combat. Je ne lèverai pas mon épée contre toi.

– Nous devons nous battre, répondit Cuchulainn. Mais rassure-toi, je n'ai pas l'intention de te tuer.

– Moi non plus! soupira l'Exilé en descendant enfin de son char.

Les deux guerriers levèrent leurs épées. Mais, avant même que son fer ait croisé celui de son ancien élève, Fergus l'abaissa.

– Crois-tu que nous devons vraiment faire cela? demanda-t-il, les épaules basses et le visage défait.

– Nous n'avons pas le choix! Regarde, tout le monde nous observe. Pour ton honneur et le mien, nous devons entrechoquer nos armes, insista Cuchulainn.

Soudain, les traits de Fergus s'éclairèrent. Une idée venait de germer dans son esprit.

– Écoute-moi! Je vais te demander une chose que tu n'as jamais faite… mais elle aura au moins le mérite de préserver notre vie à tous deux. Accepte de prendre la fuite devant moi… lorsque mon épée touchera la tienne.

– Quoi? s'écria le Chien de Culann. M'enfuir… devant tous les hommes d'Ériu? Mon honneur et ma réputation en souffriront à jamais.

Les deux hommes se firent face, les épées levées, prêtes à s'abattre sur le casque de l'adversaire.

– Écoute, Petit Chien. Dans cinq jours, la malédiction qui frappe les hommes d'Ulaidh va s'estomper. Ils vont sortir de leur état de faiblesse et viendront défendre leurs frontières. Si tu acceptes de t'enfuir devant moi maintenant, je te jure que je m'enfuirai lorsque tu reviendras avec Conchobar et ses troupes. Et si je quitte le champ de bataille, j'entraînerai dans ma fuite tous les combattants d'Ériu. La victoire des Ulates est assurée!

Cuchulainn retint à son tour son coup et plongea dans la réflexion. En effet, il savait que la malédiction de Macha tirait à sa fin. La perspective de voir les troupes d'Ulaidh humilier celles des quatre royaumes lui était très agréable.

– Loeg, lança-t-il à son fidèle cocher, amène mon char de combat.

Ce dernier avança le véhicule. Cuchulainn y monta. Aussitôt, Fergus leva son épée comme s'il s'apprêtait à attaquer. Mais sur un geste de son maître, Loeg fit tourner les chevaux et les lança à toute vitesse le plus loin possible du champ de bataille, sous les yeux incrédules de tous les guerriers d'Ériu.

Aussitôt, un grand cri de victoire résonna dans la plaine, tandis que Fergus revenait tranquillement vers Aillil et Mebd.

– Je n'aurais jamais pu imaginer qu'une telle chose soit possible, le félicita Aillil.

– Cuchulainn l'Invincible s'est enfui ! hurlaient les guerriers en chœur.

Mebd, pour sa part, conservait sa tête des mauvais jours. Elle n'était pas satisfaite, car elle savait bien que Cuchulainn ne les laisserait pas franchir les frontières d'Ulaidh et continuerait à défier ses hommes.

– Poursuis-le et traque-le jusqu'à ce que sa tête vienne orner mon char, ordonna-t-elle.

– Non ! répliqua fermement Fergus. Je ne m'opposerai plus à Cuchulainn en combat singulier. Personne n'a jamais obtenu qu'il s'enfuie devant lui. Cette victoire, même petite, me convient.

Effectivement, Cuchulainn ne s'était pas enfui bien loin. Il était tout simplement retourné au tertre où était installé son campement. De là, il pouvait aisément surveiller toute la plaine de Muirthemné qui s'étendait à ses pieds.

Mebd et Aillil étaient bien embêtés. Les combats que livraient leurs hommes étaient si courts que l'armée pouvait à peine avancer. En effet, selon leurs conventions avec le défenseur d'Ulaidh, les troupes ne pouvaient se mettre en marche que pendant la durée du combat et devaient immédiatement s'arrêter dès que l'adversaire de Cuchulainn était défait. Les souverains du Connachta ne savaient plus qui lui envoyer.

— Je peux y aller, proposa alors Calatin le Hardi, un combattant dont tous redoutaient l'ardeur.

Ce guerrier ne se déplaçait jamais sans ses vingt-sept fils et son petit-fils, Glass. Et fort peu de gens osaient les côtoyer. En effet, leurs armes et leurs corps étaient enduits d'un poison redoutable pour lequel il n'existait aucun antidote. Il suffisait d'une toute petite blessure infligée par l'un d'eux pour que la personne touchée meure avant que ne s'écoulent neuf jours.

— Si Calatin et ses fils sont tués par Cuchulainn… ce n'est pas très grave, murmura Aillil. Dans le combat, le Chien de Culann subira au moins une blessure… et il ne pourra s'en remettre. Dans moins de neuf jours, nous serons enfin débarrassés de lui.

L'idée plut aussitôt aux souverains du Connachta. Mais Fergus, qui, en tant que commandant, avait l'obligation d'assister à toutes les assemblées, hurla son désaccord.

— Un combat livré par Calatin, ses vingt-sept fils et son petit-fils n'est pas un combat singulier.

– Mais voyons ! se moqua Mebd. Les vingt-sept fils et le petit-fils de Calatin sont soudés à son corps. Il ne peut se déplacer sans eux. En allant au combat avec ses enfants, il ne fait qu'y emmener la totalité de son corps.

Fergus quitta la tente, furieux, et rejoignit ses hommes.

– Que se passe-t-il ? l'interrogea Cormac Conlongas, l'un des Ulates qui avaient accompagné Fergus dans son exil.

Fergus lui révéla ce qui avait été décidé à l'assemblée des chefs et comment Calatin irait se mesurer à Cuchulainn.

– C'est un meurtre ! se lamenta Cormac Conlongas.

– L'un d'entre vous peut-il aller observer cette infamie et venir me raconter le combat ? Moi, je ne m'en sens pas le courage ! soupira Fergus.

– J'irai ! lança Fiachu, le messager de l'ancien roi d'Ulaidh.

Au petit matin, Fiachu grimpa dans son char et suivit Calatin le Hardi vers le gué où Cuchulainn attendait son prochain adversaire. Les combattants ne saluèrent pas le Chien de Culann. Dans un mouvement synchronisé, ils lui décochèrent leurs vingt-neuf javelots empoisonnés. Ils étaient fort habiles, et aucun ne manqua son but. Heureusement, Cuchulainn connaissait cette famille et, utilisant sa faculté de se contorsionner, il réussit à se faire tout petit derrière son bouclier. Il devint aussi mince que le fil de son épée; d'ailleurs, cette ruse s'appelait le «tour du tranchant». Les jets se fichèrent dans l'écu sans lui infliger la moindre égratignure. Alors, se servant de son glaive, le Chien de Culann trancha les hampes des javelots, ne laissant que les pointes fichées profondément dans le bois de son bouclier. Voyant qu'il était occupé, Calatin, ses fils et son petit-fils se précipitèrent tous ensemble sur lui et commencèrent à lui asséner des coups de poing. Sous le nombre, les jambes du vaillant héros plièrent et il se retrouva le nez dans les graviers de la rivière, tandis que ses adversaires continuaient à le marteler des poings et des pieds. Voyant cela, Fiachu s'approcha et harangua Cuchulainn.

– Vas-tu te laisser maltraiter comme cela encore longtemps? Où est passé ton courage?

Le chien du forgeron releva la tête et dévisagea le jeune homme. Le respect qu'il lut dans les yeux du messager lui remonta le moral et il sentit ses forces lui revenir. Alors, d'une poigne ferme, il brandit son épée et coupa la main droite de ses vingt-neuf assaillants d'un seul coup. Puis, se secouant, il se dégagea et fit tomber Calatin et sa famille sur le dos.

– Merci de ton intervention, Fiachu! Sans toi, je me serais laissé aller à la lassitude.

– Tant mieux si j'ai pu t'aider… mais maintenant, je suis dans une mauvaise posture, se lamenta le messager. Si Aillil et Mebd apprennent que je suis intervenu, tout mon clan paiera pour ce qu'ils prendront pour une trahison.

– Je te donne ma parole que personne ne saura rien! répondit Cuchulainn.

Se tournant vers Calatin et sa famille qui tentaient de se relever, le Chien de Culann leur asséna de violents coups d'épée pour les achever. Toutefois, ce faisant, il sépara Glass, le petit-fils, du corps de son grand-père. Aussitôt, celui-ci s'élança vers le camp royal dans le but de rapporter ce qu'il avait vu et entendu au gué de la rivière.

Cuchulainn se lança à sa poursuite et parvint à le rattraper au moment où Glass, à moitié mort, criait : « *Fiach, fiach !* », ce qui, en gaélique, veut dire : « Dette, dette ! » Fiachu n'en menait pas large. Il savait que Glass tentait de crier son nom pour indiquer qu'il avait trahi son camp.

– Je me demande de quelle dette voulait parler Glass, lança Aillil à Mebd tandis qu'ils commentaient les événements de la journée, un peu plus tard en soirée.

– Peut-être songeait-il à la façon dont il fera payer Cuchulainn un jour prochain, lorsqu'ils se retrouveront dans l'Autre Monde…, soupira Mebd. Mais pour le moment, nous en sommes toujours au même point. Ce maudit Chien vit toujours, et nous n'avançons pas !

ChAPITRE 4

— Il est temps d'en finir, tempêta Mebd dès que le jour se leva. Dans quelques jours, les Ulates vont sortir de leur léthargie et toute l'armée de Conchobar va déferler dans la plaine. Même si nous sommes plus nombreux, nous serons moins forts, car ils seront animés par un sentiment de revanche. Je ne vois qu'un seul homme qui puisse tenir tête assez longtemps à Cuchulainn pour nous permettre d'entrer en Ulaidh.

— De qui parles-tu ? l'interrogea Aillil. Nous lui avons envoyé tous nos meilleurs combattants et il n'en a fait qu'une bouchée.

— Nous avons envoyé des gens du Connachta et des exilés ulates. Il est temps que les autres royaumes nous prêtent main-forte. Je te parle de Ferdia, des Domnonéens. En tant que descendant des Fir-Bolg, le sang des dieux coule dans ses veines comme dans celles de Cuchulainn.

— Ferdia ! réfléchit Aillil à haute voix. Très bonne idée. Il est bien connu que ce Domnonéen et le Chien de Culann sont d'égale force. Leur savoir-faire est le même puisqu'ils ont tous deux été formés en même temps par Scatach*, la guerrière de Calédonie. Ils ont appris les mêmes tours d'adresse et s'en servent de la même manière. Oui, Ferdia peut retenir ce maudit chien assez longtemps au gué de la rivière pour nous permettre d'avancer.

– Le seul avantage de Cuchulainn est sa Gae Bolga, son javelot-foudre fabriqué avec les os de Coinchenn, le monstre marin, ajouta Mebd.

– Oui, mais n'oublie pas que Ferdia est aussi doté d'une arme magique. Lorsqu'il combat, son corps se recouvre d'une corne aussi dure que la carapace d'une tortue centenaire, ce qui le rend invulnérable.

Les deux souverains du Connachta discutèrent longtemps des attributs des deux champions, puis, tombant d'accord, ils convoquèrent l'assemblée des chefs pour lui faire part de leur nouvelle idée.

– C'est irréaliste de croire que Ferdia acceptera de rencontrer Cuchulainn au gué de la rivière, se moqua aussitôt Fergus l'Exilé.

– Et pourquoi donc ? rétorqua Mebd qui en avait plus qu'assez des objections de l'ancien roi d'Ulaidh.

– Parce qu'ils sont liés par un serment de fraternité et d'amitié. Seule la mort pourra mettre un terme à ce pacte, assura Fergus. Scatach la guerrière leur a interdit de combattre l'un contre l'autre.

– Je me moque de leur serment, gronda Mebd. Je ne leur demande pas de s'entretuer, mais de s'affronter dans un combat singulier qui doit durer le plus longtemps possible pour que nos armées puissent avancer.

– La seule chose qui nous importe est que Ferdia retienne Cuchulainn près de la rivière…, tempéra Aillil.

– Pour le reste, je m'en occupe ! l'interrompit froidement Mebd.

Des messagers furent donc envoyés auprès de Ferdia qui vivait dans le Laighean. Mais ce dernier refusa de les suivre ; il était hors de question qu'il rompe le serment qu'il avait fait en présence de Scatach. Il ne le savait pas, mais celle-ci n'était autre que Macha la noire.

Durant leur formation, la redoutable guerrière avait employé des mots terribles pour leur faire promettre de ne jamais se battre l'un contre l'autre.

– Celui qui cherchera querelle à l'autre sera vaincu ; mais le vainqueur sera accablé à tout jamais d'avoir terrassé son frère de sang. Il n'y aura donc ni gagnant ni perdant, car vous laisserez tous deux quelque chose dans cet affrontement : soit la vie, soit une grande amitié, avait-elle dit lorsque les deux garçons avaient été placés sous sa responsabilité.

Lorsque ses hommes revinrent au camp et lui apprirent le refus de Ferdia, Mebd entra dans une rage folle. Elle convoqua ses druides, ses bardes et ses meilleurs satiristes*.

– Je vous ordonne d'aller trouver Ferdia et, s'il refuse toujours de m'aider, de pratiquer sur lui les trois incantations : le blâme, la honte et le déshonneur…

Les filidh obtempérèrent. Celui qui était victime de ces charmes rarement employés voyait apparaître trois énormes boutons empoisonnés sur son visage, ce qui le remplissait de honte, puis il mourait sur-le-champ ou dans les neuf jours. Il n'y avait aucun moyen de s'y soustraire.

Lorsque Ferdia reçut les hommes de science du Connachta, il ressentit une terreur si grande devant la menace des trois incantations qu'il jugea préférable de les suivre jusqu'au camp de Mebd en se disant qu'il trouverait bien un moyen d'éviter le combat avec son frère de sang, Cuchulainn.

Mebd et Aillil l'accueillirent avec beaucoup d'honneur et le convièrent à un somptueux banquet. Toutefois, comme Ferdia persistait dans son refus, la reine dut recourir à la magie des druides. Dans sa nourriture et dans sa boisson, elle fit glisser des herbes magiques qui finirent par embuer l'esprit du Domnonéen. Elle lui promit, pour lui, ses fils et toute sa descendance à tout jamais, de fabuleuses récompenses, dont un immense domaine, des chars magnifiques, des esclaves, des armes, des vêtements parmi les plus beaux qui seraient jamais fabriqués à Ériu, et, bien entendu, sa fille Finnabair… ce qui assurait à Ferdia d'être l'héritier du Connachta à la mort des souverains actuels. Tout cela sans qu'il ait jamais l'obligation de lui verser un tribut ni même de participer à aucune expédition guerrière.

– Tu vois, ma mère te donne des vallées, des montagnes, des plaines fertiles, et la possibilité pour toute ta lignée de vivre en paix… Alors, tu n'as aucune raison de ne pas accepter, lui murmura la jolie Finnabair en le couvrant de baisers brûlants.

Ferdia commençait à être gagné par d'étranges idées. Il se voyait déjà régnant sur un vaste domaine, entouré d'une ribambelle d'enfants que lui aurait donnés la splendide fille de Mebd. La proposition était tentante et lui faisait tourner la tête.

Il tenta de reprendre ses esprits, mais la magie des plantes utilisées par les druides était très forte. Il était incapable de prendre une décision éclairée. Dans un dernier sursaut de lucidité, il demanda des gages de bonne foi à Mebd.

– Tu dois me donner une garantie. Si je vais au combat contre Cuchulainn, je dois savoir que tu tiendras tes promesses…

– Je te le promets. Et pour le prouver, six guerriers veilleront à faire respecter ma parole. Tu pourras les choisir toi-même !

Ferdia hocha la tête. Il était las et n'avait plus aucun argument à opposer aux souverains du

Connachta. Il finit par s'endormir sous l'action des aliments et des boissons manipulés par les druides.

Aussitôt qu'il fut mis au fait de l'accord conclu entre Mebd et Ferdia, Fergus l'Exilé se jeta dans son char et courut prévenir Cuchulainn de ce qui se tramait. Il s'inquiétait beaucoup pour son ancien élève qu'il aimait comme son propre fils.

— Ton prochain adversaire sera ton propre frère de sang, lança-t-il à Cuchulainn dès qu'il fut à portée de voix.

— De qui parles-tu ? l'interrogea le Chien de Culann en attrapant les rênes des chevaux tandis que le char de Fergus s'immobilisait.

— De ton frère d'armes, de ton meilleur ami. De celui qui t'égale en connaissances, en exploits et en tours d'adresse. Ferdia, le Domnonéen, le plus redoutable guerrier du Laighean.

— Ce n'est pas possible ! répondit le héros ulate. Je ne peux pas me retrouver en face de lui sur le champ de bataille.

— Que ça te plaise ou non, c'est ce que Mebd a manigancé ! répliqua Fergus.

— Cela fait plusieurs semaines que je suis seul dans la plaine de Muirthemné. J'ai combattu tous les guerriers venus des quatre royaumes. Je ne me suis enfui que devant toi, et seulement en vertu de ce pacte que nous avons conclu, mais sache-le, mon ami, mon père, je ne tournerai plus les talons devant qui que ce soit, pas même devant mon meilleur ami.

– Tu ne comprends pas, Cuchulainn. Ferdia est envoûté. Il n'a plus toute sa conscience, et les druides ont attisé sa fureur. Tu le connais mieux que quiconque, tu sais que c'est un redoutable guerrier et que personne n'a jamais réussi à le vaincre.

– Merci de m'avoir prévenu, mon maître. Mais tu dois comprendre que je ne peux pas reculer. Je suis le seul gardien des frontières d'Ulaidh… Je dois protéger les miens du déshonneur et de la destruction.

Triste et désemparé, Fergus l'Exilé retourna au camp et s'enferma dans sa tente, refusant de voir qui que ce soit. Il ne savait plus quoi faire. Il était déchiré. Il devait le respect à Mebd et Aillil qui l'avaient recueilli lorsqu'il avait fui l'Ulaidh, mais il conservait de profonds liens d'amitié et de fraternité avec les Ulates. Tout en respectant Conchobar pour s'être montré bon roi, il le maudissait de lui avoir volé son royaume. Quant à Cuchulainn, il était comme son fils et avait été son élève favori. Fergus était tourmenté par toutes ces pensées qui ne cessaient de tourner dans son esprit.

De son côté, complètement abruti par les drogues des druides de Mebd, Ferdia dormait d'un sommeil de plomb.

Le lendemain matin, avant qu'il parte au gué de la rivière pour y affronter son meilleur ami, un éclair de lucidité traversa son esprit. Il songea à la difficulté qu'il aurait à battre Cuchulainn.

Mais bien vite, cette préoccupation fut chassée par l'arrivée de Finnabair. La jeune femme lui donna une chope de bière droguée pour s'assurer qu'il ne recouvrerait pas toutes ses facultés de raisonner avant d'avoir brandi l'épée devant le Chien de Culann.

Le soleil n'était pas encore levé que le cocher de Ferdia attelait déjà deux chevaux à un char de combat, et le guerrier partit en direction du gué de la rivière. En arrivant, il constata l'absence de Cuchulainn. Tout était calme et endormi aux alentours. Ferdia décida d'attendre patiemment. S'étant enveloppé dans d'épaisses fourrures pour échapper au froid matinal, il s'assoupit.

De son côté, Cuchulainn resta sagement couché jusqu'à ce que le soleil soit complètement levé.

– Je ne veux pas que l'on croie que j'ai peur d'être attaqué dans mon sommeil en me levant avant le soleil, grogna-t-il à l'intention de Loeg qui était venu le prévenir de l'arrivée de Ferdia.

Le cocher avait déjà préparé le char de guerre de son maître, et ce dernier y grimpa avec agilité et souplesse. Aussitôt, de sous la terre de la plaine montèrent des bruits étranges : c'était les bansidhe et les Tribus de Dana qui poussaient de grands cris pour encourager le héros.

De l'autre côté de la rivière, le cocher de Ferdia entendit le fracas provoqué par l'entre-choquement des épées, le cliquetis des lances de Cuchulainn, les sabots du Gris de Macha et du

Noir de la Vallée Sans Pareille et le grondement des roues du char sur les pierres. Il se hâta de réveiller son maître.

Ferdia s'avança sur le côté sud du gué, tandis que Cuchulainn s'arrêtait sur la rive nord. Les deux champions se dévisagèrent.

– Bienvenue, mon frère, lança Ferdia.

– C'est plutôt à moi de te souhaiter la bienvenue sur mes terres, mon ami. Car c'est toi qui viens dans mon pays pour m'attaquer.

– Tu dis vrai, mon frère. Mais pourquoi es-tu venu à ce gué ? Tu peux encore partir et éviter le combat entre nous. Autrefois, chez Scatach la guerrière, tu étais mon serviteur. Tu as préparé mes armes et mon lit, c'est toi qui remplissais mon écuelle et mon hanap.

– Autrefois, j'étais un adolescent. Je te rendais ces services parce que tu avais quelques années de plus que moi et que tu étais mon meilleur ami. Mais aujourd'hui, ta présence ici indique tu as renié notre amitié et notre pacte. Je ne reculerai pas devant toi.

Pendant de longues minutes, Cuchulainn et Ferdia s'accusèrent mutuellement d'avoir rompu leur promesse de non-agression. Puis, les esprits s'échauffant, ils finirent par se lancer les pires menaces au visage.

– Renonce à m'affronter, Ferdia, trancha Cuchulainn. Si tu venais à mourir sous mes coups, le chagrin m'habiterait à tout jamais.

– Ce n'est pas moi qui tomberai, mais sache que si ta tête se retrouve accrochée à mon char, alors c'est moi qui traînerai un lourd chagrin pour le reste de mes jours! répondit Ferdia.

– Souviens-toi, reprit Cuchulainn. Autrefois nous allions au combat côte à côte. Dans toutes les excursions guerrières, nos avons partagé nos joies et nos souffrances… Nous avons accompli de belles prouesses ensemble.

– C'est vrai, nous avons été des braves, mais aujourd'hui notre amitié est terminée. J'ai envers Mebd d'autres engagements que je ne peux renier. Allez, maintenant, il est temps de nous affronter. L'heure des discours est passée.

– Puisque tu es arrivé le premier au gué, c'est à toi de choisir les armes que nous utiliserons, fit Cuchulainn en soupirant, navré de n'avoir pu convaincre son ami de changer d'idée.

Ferdia s'empara de son javelot et Cuchulainn l'imita. Ils s'affrontèrent jusqu'au coucher du soleil sans prendre ni repos ni nourriture. De part et d'autre, les armes de jet infligèrent des blessures intenses et des souffrances infinies. Le sang de Ferdia se mêla à celui de Cuchulainn sur le sol, comme autrefois lorsqu'ils étudiaient l'art de la guerre auprès de Scatach et avaient conclu un pacte d'amitié en mélangeant leur sang. Pendant ce temps, les armées des quatre royaumes purent progresser librement en direction d'Emain Macha.

– Cessons pour la nuit et prenons un peu de repos! déclara Ferdia lorsqu'il vit Grannus ranger ses derniers rayons sous l'horizon.

Après avoir remis leurs armes à leur cocher respectif, les deux héros s'approchèrent et se firent l'accolade. Puis, ils s'allongèrent côte à côte sur un lit de joncs que leurs serviteurs leur avaient préparé, tandis que leurs chevaux furent enfermés dans le même enclos. Deux druides venus du camp de Mebd pansèrent les blessures des deux combattants, les soignant aussi bien par des herbes médicinales que par des incantations magiques. De la nourriture et des boissons leur furent apportées et distribuées en parts égales. Toutefois, dans les plats destinés à Ferdia, Finnabair avait veillé à glisser des drogues destinées à le maintenir sous l'emprise de Mebd.

Après une nuit sans rêves, les deux hommes se levèrent de bonne heure, prêts à s'affronter de nouveau. Ce fut à Cuchulainn de choisir les armes, puisque Ferdia l'avait fait la veille.

– Nous prendrons donc nos lances et nous combattrons à bord de nos chars, fit le héros ulate.

Pendant toute la journée, les deux champions s'affrontèrent sans que l'un puisse prendre un quelconque avantage sur l'autre. Pendant ce temps, profitant du combat et selon la convention adoptée par Cuchulainn, Mebd et Aillil réussirent à faire avancer un peu plus leurs troupes en territoire ulate.

Lorsque le soleil eut disparu, le Chien de Culann proposa une trêve pour la nuit. Encore une fois, les deux amis se firent l'accolade, partagèrent leur repas et furent soignés équitablement par les druides. Mais, comme la veille, Finnabair prit soin de droguer Ferdia à son insu.

Le lendemain, Cuchulainn bondit sur ses pieds, mais, contrairement à lui, Ferdia eut beaucoup de difficulté à se lever. Les drogues que lui envoyait Finnabair étaient en train de l'empoisonner lentement, tout en lui ôtant ses forces.

– Tu as mauvaise mine, l'apostropha le Chien de Culann. Ton regard est vitreux, ta peau est pâle, tu as perdu ton entrain habituel.

– Ce n'est pas parce que tu me fais peur, gronda Ferdia.

– Je sais que je ne t'impressionne pas, mais je t'en prie, arrête ce combat. Tu n'es pas en état de te battre et je serais vraiment très peiné si tu succombais à mes coups à cause de ta faiblesse.

– Cesse de me plaindre! cria Ferdia. Accorde-moi simplement un délai pour que je puisse me préparer adéquatement.

Cuchulainn accepta et Ferdia demanda à son cocher de lui apporter son équipement complet. À même sa peau, le combattant enfila un beau pantalon de soie verte, puis un autre entièrement en cuir brun. Contre son ventre, il attacha une énorme pierre ronde et par-dessus il revêtit d'autres braies faites de plaques de l'acier le plus solide qui soit. Puis, il mit son casque de combat qui brillait de grenats et de cristal, et s'empara de sa meilleure lance et d'un glaive à poignée rouge. Finalement, son cocher lui tendit un grand bouclier en peau de buffle présentant un umbo* où couraient, en relief, de petits sangliers. Enfin, Ferdia s'élança dans les airs, décrivant des courbes et des culbutes, des sauts et des chutes que personne ne lui avait enseignés, pas même Scatach la guerrière. Son adresse et son agilité étaient surprenantes.

Même impressionné, Cuchulainn n'en revêtit pas moins à son tour son plus beau costume de bataille, puis il s'adressa tout bas à Loeg.

– Tu as vu tous les tours brillants que Ferdia sait faire ? Bientôt ce sera contre moi qu'il les utilisera. Si tu vois que je succombe, surtout moque-toi de moi, sois insolent de façon à raviver ma fureur. Mais si, au contraire, tu constates que j'ai le dessus sur lui, préviens-moi, félicite-moi pour que je puisse modérer mes ardeurs.

Loeg l'assura de sa pleine collaboration.

– Et maintenant, prenons nos armes ! Si tu le veux bien, Ferdia, nous utiliserons tous nos tours d'adresse et tout notre équipement, proposa Cuchulainn.

Ferdia accepta avec empressement, car, en faisant précédemment une démonstration de son savoir-faire, c'était justement ce qu'il espérait.

Ce jour-là, les deux héros firent de nombreuses prouesses, d'abord à distance, en se lançant javelots et lances, mais bientôt, la fureur les emportant, ils se rapprochèrent et les épées s'entrechoquèrent tandis que pieds et mains se heurtaient, que les corps s'évitaient par des esquives rapides. Les deux champions se livrèrent à un véritable ballet. Lorsque le pied de Ferdia atteignit Cuchulainn à la mâchoire et l'envoya bouler dans le gravier de la rivière, Loeg se moqua de son maître... ce qui fouetta l'orgueil du Chien de Culann et le renvoya aussitôt dans la mêlée.

Pendant des heures, le combat s'intensifia. Cuchulainn se métamorphosa de nombreuses fois, prenant la taille et la forme d'un hideux fomoré ou devenant aussi petit qu'une anguille insaisissable. Mais toujours Ferdia parvenait à déjouer ses ruses.

Soudain, l'épée de Ferdia trouva la faille vers la poitrine de Cuchulainn et la lame à poignée d'ivoire entailla le héros. La blessure eut l'effet d'un véritable électrochoc dans l'esprit du guerrier ulate.

– Loeg, ma Gae Bolga ! hurla-t-il à l'intention de son cocher qui veillait sur ses armes.

Entendant cela, Ferdia s'écarta et abaissa son long bouclier pour se protéger de l'arme terrible. Voyant le mouvement, Cuchulainn attaqua son adversaire avec son poignard et le blessa à la poitrine. Ferdia remonta alors son bouclier, découvrant son ventre. S'emparant de sa Gae Bolga avec ses doigts de pied puisqu'il ne lui était pas permis de l'utiliser avec ses mains, le Chien de Culann la projeta vers son adversaire. Cette arme était redoutable : lorsqu'elle pénétrait le corps de l'ennemi, elle s'ouvrait en plusieurs pointes qui provoquaient autant de blessures mortelles. La Gae Bolga traversa la cuirasse d'acier de Ferdia, brisa la lourde pierre qu'il avait plaquée sur son ventre, déchira le pantalon de cuir, transperça celui de soie et pénétra profondément dans le corps du guerrier. Celui-ci s'effondra aussitôt.

— Petit Chien, murmura Ferdia, ce n'était pas à toi de me tuer… et pourtant je meurs. J'ai mal combattu devant toi.

Le chien du forgeron se précipita aussitôt vers son ami et le souleva dans ses bras. Mais il était trop tard. Ferdia avait rendu l'âme. En larmes, le Chien de Culann porta le corps de l'autre côté de la rivière, en Ulaidh, en se lamentant.

— Mon frère, ton corps doit reposer dans la terre de mon pays… Toi qui fus mon meilleur ami, tu ne reposeras pas chez mes ennemis !

— Viens ! le houspilla brusquement Loeg. Lorsque les hommes du Laighean se rendront compte que Ferdia a trépassé, ils vont chercher à se venger et vont tous t'attaquer en même temps… Tu n'as pas d'entente avec eux pour livrer des combats singuliers. Il faut partir.

— Il faut d'abord récupérer ma Gae Bolga. Sans elle, je suis aussi désarmé qu'un enfant qui vient de naître, soupira Cuchulainn tandis que déjà Loeg retirait l'arme du corps de Ferdia.

– Quel malheur ! pleura encore le Chien de Culann en écartant les mèches blondes trempées de sueur et de sang du visage sans vie de son ami.

Puis, il se mit à se remémorer à voix haute les nombreuses prouesses qu'ils avaient accomplies ensemble lorsqu'ils apprenaient l'art du combat, sous la houlette* de Scatach la guerrière.

– Il faut partir maintenant ! le pressa Loeg. Les Domnonéens arrivent.

Cuchulainn se détacha de son ami, se releva en vacillant et, avec peine, il grimpa dans son char.

Lorsqu'ils parvinrent en vue de l'endroit où ils avaient installé leur campement, ils trouvèrent plusieurs bansidhe et dieux des Tribus de Dana. Ces derniers entraînèrent le Chien de Culann vers le tertre où était installé son camp afin d'y soigner ses blessures physiques et morales.

CHAPITRE 5

Protégé par les Thuatha Dé Danann, Cuchulainn se plaignait tout autant de ses blessures qu'il se désolait du sort de son ami Ferdia. Il était inconsolable, et la colère l'habitait tout entier. Pour le protéger de lui-même, les dieux durent l'enchaîner afin de l'empêcher de retourner se battre malgré son état. Ce fut alors que Sualtam, son père nour-ricier, arriva pour prendre de ses nouvelles. Le découvrant à la fois blessé et entravé, Sualtam se mit à pleurer et à geindre, ce qui eut pour effet d'exaspérer Cuchulainn, car il savait que son père adoptif n'était pas un guerrier particulièrement téméraire.

– Ne reste pas là à te lamenter ! lança-t-il vivement. Cours vite à Emain Macha. Préviens le roi Conchobar et les Ulates que les gens du Connachta sont en train de dévaster leurs terres et que je suis maintenant incapable de les défendre. Ils doivent venir à mon aide. Je n'en peux plus de combattre seul.

Sualtam enfourcha le Gris de Macha et se précipita vers la capitale d'Ulaidh. Devant les portes de la forteresse, il s'arrêta et poussa un grand cri.

– On tue dans la plaine de Muirthemné! On enlève vos troupeaux! Vos paysans sont massacrés et vous ne faites rien, incapables Ulates!

Deux fois, Sualtam répéta son appel… mais il n'obtint aucune réponse. Fâché par ce silence, il franchit les lourdes portes de bois qui étaient grandes ouvertes et entra dans l'enceinte. La première personne qui vint finalement à sa rencontre fut un druide du nom de Cavad.

– Mebd et Aillil nous attaquent, lança Sualtam avant même que le druide ait eu le temps de s'informer de la raison de son tintamarre. On enlève nos fermiers et nos paysannes, on tue nos jeunes artisans, on s'empare de nos chevaux et de nos troupeaux. Cuchulainn est seul pour défendre nos terres. Personne ne vient l'aider. Il est blessé…

Puis, avisant Conchobar qui sortait de sa maison royale pour s'enquérir lui aussi de ce qui se passait, Sualtam s'adressa directement au souverain d'Ulaidh :

– Si toi, roi Conchobar, tu ne viens pas l'aider maintenant, jamais tu ne le feras, car le vaillant Chien de Culann sera mort!

– Celui qui exhorte ainsi le roi et parle avant moi mérite la mort! gronda Cavad, furieux que les coutumes ne soient pas respectées.

– C'est vrai ! hurlèrent en chœur quelques guerriers ulates qui commençaient peu à peu à sortir de leur torpeur due à la malédiction de Macha.

Dans sa hâte, Sualtam avait en effet oublié qu'il n'avait pas le droit de parler avant le druide et qu'il venait de transgresser une importante geis. Mais plus rien ne comptait pour lui, puisque son fils adoptif se mourait, abandonné de tous. Il fit demi-tour et s'éloigna, la tristesse au cœur, car il n'avait pas réussi à obtenir du roi qu'il mette ses troupes en marche.

Toutefois, au moment de franchir les portes de la forteresse en sens inverse, le Gris de Macha se cabra et Sualtam vacilla avant de culbuter vers l'arrière-train du cheval. Dans le mouvement, son bouclier se détacha et le frappa à la gorge, le tuant net. Le Gris de Macha, pris de panique, revint vers Emain Macha. Sur le bouclier, la tête détachée de Sualtam continuait à répéter : « On tue ! On égorge ! On vole et on pille, incapables Ulates ! »

Conchobar comprit enfin ce qui se passait, car le mauvais sort qui l'accablait commençait à perdre de son emprise sur lui.

– Ce cri de détresse va nous faire tomber le ciel sur la tête, déclara le roi d'Ulaidh, dont c'était la seule crainte, partagée par tous les Celtes. Vite, que tous les Ulates se rassemblent !

L'ordre fut porté dans les quatre directions par les messagers qui, un à un, retrouvaient eux aussi leurs forces et leur courage. Connall Cernach et Loégairé* furent les premiers des chevaliers de la Branche Rouge à se mettre en route. Ils parvinrent rapidement à l'endroit où les armées conduites par Mebd et Aillil s'étaient rassemblées avec leurs prisonniers et leur butin.

Mais comme le soir tombait et qu'ils répugnaient à se battre dans le noir, ils dressèrent leur campement et tinrent une première assemblée. Cette nuit-là, la plupart des chefs de clans et de tribus eurent des visions de bataille. Les druides prophétisèrent et firent des prédictions dans un camp comme dans l'autre. De nombreux spectres vinrent aussi hanter les tertres, les vallées, les marais et les bois… Cette fois, c'étaient les Tribus de Dana qui venaient se mêler à la danse, tant et si bien que plusieurs guerriers, croyant être attaqués par leurs ennemis, s'entretuèrent, tandis que d'autres, surtout parmi les plus jeunes et les moins expérimentés, moururent carrément de peur. Ce fut sans aucun doute la pire nuit que connurent les troupes des quatre royaumes. Pendant ce temps, Cuchulainn fut éloigné du champ de bataille par les bansidhe et conduit en sûreté à Tara.

Macha et Arzhel arrivèrent à Tara presque au moment même où Cuchulainn, inconscient, était déposé sur le tertre qui surplombait l'endroit où était installée la Pierre de Fâl, la fameuse Pierre du Destin qui criait lorsque le véritable Haut-Roi d'Ériu y posait la main. Elle représentait le pouvoir légitime et la souveraineté, et c'était la raison pour laquelle Macha avait jeté son dévolu sur elle. Quiconque possédait la Pierre du Destin pouvait revendiquer la souveraineté entière sur le monde celte.

La Pierre de Fâl, c'est-à-dire la « pierre qui parle », était originaire de l'île de Falias. Le druide qui l'avait taillée, Morfessa, dont le nom signifiait « le Grand Savoir », l'avait confiée aux Tribus de Dana lorsqu'elles avaient quitté les Îles du Nord du Monde. Elle était en granite, mais avait la pureté du diamant. Des signes oghamiques indéchiffrables y étaient gravés. Cette pierre servait depuis ce temps de témoignage de l'alliance entre les Thuatha Dé Danann et le Haut-Roi qui séjournait à An Mhí. Elle n'était attribuée à aucune divinité en particulier, mais plutôt à tout le peuple et à la terre d'Ériu.

Quelques semaines plus tôt, Conn aux Cent Batailles* avait reçu l'approbation de la Pierre de Fâl lorsqu'il y avait posé la main. Puisqu'elle avait crié, il avait donc été désigné comme Ard Rí légitime de l'île Verte.

Toutefois, pour Macha, même la plus sacrée des pierres n'avait rien de tabou. Puisque toutes les armées étaient au loin à combattre, elle ne voyait pas qui pouvait désormais l'empêcher de s'approprier le vénérable mégalithe. Cependant, elle savait que sa magie seule ne parviendrait pas à déloger la pierre de la terre d'Ériu. L'aide d'Arzhel lui était absolument nécessaire. En effet, les dieux seuls ne pouvaient la faire bouger, pas plus que les mortels seuls n'y parviendraient. Un mortel et une divinité devaient conjuguer leurs efforts pour réussir cet exploit. Macha la noire avait donc impérativement besoin d'Arzhel. Elle entraîna le jeune druide devant l'imposant peulven*.

– Toi, tu vas pousser de toutes tes forces. Moi, je vais user de mes pouvoirs pour l'ébranler sur ses fondations. Si nous parvenons à l'extirper de la terre et à la renverser, ce sera un jeu d'enfant ensuite…

– Un jeu d'enfant ? Tu veux rire ! ironisa Arzhel. Elle pèse plusieurs centaines de tunnas.

Avec un zeste de précaution, le jeune druide s'approcha respectueusement de la pierre. À ses yeux, elle était sacrée et signifiait la permanence et l'éternité. Sa dureté, son imposante fixité et sa verticalité représentaient pour lui une force qui appartenait à l'Autre Monde. En elle s'exprimait la puissance des Tribus de Dana et il n'osait y poser le petit doigt.

Macha s'impatientait. Il leva les yeux au ciel au moment même où la sorcière s'élançait dans les airs comme un immense oiseau noir. Il frissonna, pris d'une sombre appréhension.

– Vas-tu hésiter encore longtemps ? Elle ne te fera rien. Tu ne seras pas foudroyé. Dépêche-toi !

Arzhel approcha d'abord la main droite… lentement, avec prudence. Il ressentit un picotement au bout des doigts, mais rien qui justifiait qu'il recule. Il inspira profondément, puis plaqua sa paume sur le froid granite. Il ne se passa rien… en apparence.

Mais brusquement, les nuages s'amoncelèrent au-dessus de sa tête et il vit la pierre virer au noir. Elle lui sembla même avoir doublé de taille et de poids.

– La Pierre de Fâl est sensible aux événements qui surviennent à Ériu, fit une voix derrière lui.

Arzhel retira aussitôt sa main et, honteux, la dissimula derrière son dos, comme si ce geste pouvait masquer le sacrilège qu'il venait de commettre. Puis, reconnaissant Cuchulainn, il se détendit. Un instant, il avait craint de devoir affronter Conn aux Cent Batailles ou, pire encore, un dieu des Tribus de Dana.

– Lorsque des nuages viennent se regrouper au-dessus de la pierre, c'est que du sang est versé à Ériu, lui dit le Chien de Culann. Même en mon absence, les combats se poursuivent dans la plaine de Muirthemné, car maintenant tous les Ulates affrontent Mebd et Aillil pour restaurer leur honneur et reprendre les terres et le bétail qui leur ont été volés.

Arzhel hocha la tête. Lui aussi connaissait les légendes entourant le menhir sacré, même si, jusqu'à maintenant, il croyait sincèrement qu'il ne s'agissait justement que de fables destinées à impressionner les enfants.

– On dit que si elle se met à craquer, c'est que l'ennemi approche! compléta-t-il.

– Et... l'as-tu entendue craquer? demanda Cuchulainn.

– Non... elle n'a pas émis un son, fit Arzhel, se voulant rassurant.

– Si, par malheur, du feu faisait irruption de sa cime, alors c'est qu'un cataclysme nous menace. As-tu vu du feu? l'interrogea de nouveau le héros ulate.

– Non... je n'ai vu aucune flamme, pas la moindre étincelle, répondit Arzhel.

– La nuit, si une étoile brille au-dessus, alors la paix et la prospérité s'étendront sur Ériu. Mais... mais je ne pense pas que nous verrons cela cette nuit, n'est-ce pas? insista le guerrier.

– Je ne le pense pas non plus, soupira Arzhel.

– Sais-tu que cette pierre est le lien qui unit trois mondes: celui des mortels, celui d'Annwvyn et d'Anwn, et celui du Síd?... reprit Cuchulainn tandis qu'Arzhel se demandait où le vaillant chevalier de la Branche Rouge voulait en venir.

– On dit aussi que cette pierre a le pouvoir d'allonger la vie du souverain et de lui garantir un long règne, intervint Macha la noire, toujours en suspension dans le ciel.

Arzhel et Cuchulainn tournèrent leur regard vers elle. Le premier la voyait comme Macha la noire, mais le second reconnaissait Scatach la guerrière, celle qui avait fait de lui le meilleur guerrier de toute l'île Verte.

— Petit Chien, je crois que tous tes exploits te donnent le droit de prétendre à la royauté à Ériu, lui lança-t-elle de la voix la plus douce qu'elle put prendre, se faisant flatteuse et ensorcelante. Conn aux Cent Batailles n'a été choisi que par défaut, parce que tu n'es pas venu à Tara pour revendiquer le titre… Si les Thuatha Dé Danann t'ont amené ici, c'est sûrement parce que les dieux jugent que tu le mérites. Pose ta main sur la Pierre de Fâl.

Cuchulainn hésita une fraction de seconde. Mais, fier et orgueilleux, en son for intérieur, il donna entièrement raison à la sorcière. Qui plus que lui méritait de devenir Ard Rí? Il était temps de remplacer le jeune Conn aux Cent Batailles qui n'était pas venu à son secours dans sa guerre contre Mebd et Aillil.

— Conn a failli à son devoir de Haut-Roi, qui est de secourir ceux qui sont attaqués injustement, lança-t-il haut et fort tout en plaquant ses deux mains sur la Pierre du Destin. Moi, Cuchulainn, fils du dieu Lug et de la mortelle Dechtiré, je revendique la Terre du Milieu pour moi et mes descendants.

La pierre ne broncha pas. Aucun cri ne déchira le silence pesant qui régnait dans Tara.

Cuchulainn recula et ses yeux devinrent rouges de rage ; même son œil mort sembla brûler de colère. La pierre ne l'acceptait pas. Alors, il sortit son épée de son fourreau et, la levant bien haut, il fracassa son arme sur le dur granite. Un craquement se fit entendre.

– La pierre est fendue ! hurla Arzhel. Par Hafgan… le malheur nous guette !

Le jeune druide tomba à genoux et enfouit son visage entre ses mains, comme si le ciel allait lui tomber sur la tête. Il tremblait de tous ses membres, s'attendant à être anéanti sur place par la colère des dieux.

– Puisque la pierre n'a pas crié pour moi, elle ne criera plus jamais pour personne… Le dernier a été Conn aux Cent Batailles ! hurla Cuchulainn en s'enfuyant vers le tertre où il s'était réveillé un peu plus tôt.

Arzhel resta prostré de longues minutes, jusqu'à ce que les croassements de rage de Macha parviennent à attirer son attention.

– Dépêche-toi, il faut vite que nous enlevions cette pierre d'ici. Si quelqu'un survient, on sera accusés de l'avoir profanée. Personne ne doit savoir qu'elle ne criera plus… Pousse-la de toutes tes forces !

Les paroles de Macha finirent par avoir prise sur la faiblesse et le désespoir d'Arzhel. Elle avait raison. Il leur fallait agir vite avant qu'il ne soit accusé d'avoir causé un tort irréparable à la Pierre du Destin.

Macha, elle, en tant que sorcière, peut encore s'en tirer, mais moi, je ne suis qu'un mortel, je n'échapperai pas au jugement et à la mort.

Il s'arc-bouta dos à la Pierre de Fâl et poussa, marmonnant des incantations magiques destinées à décupler ses forces. Pour sa part, Macha, survolant le mégalithe, se servit de son pouvoir féerique pour entourer celui-ci d'un fluide magnétique. Elle cherchait à agir sur les molécules de la pierre, à l'alléger et à utiliser les ondes de forme, c'est-à-dire le flux d'énergie que dégageait le menhir, pour le hisser dans les airs avec facilité. L'opération était difficile, mais pas irréalisable. Ils devaient faire le vide dans leurs esprits et ne penser à rien d'autre qu'à cette tentative de vol. Le principal était de rester concentrés le plus longtemps possible.

Après quelques minutes pendant lesquelles il ne se passa absolument rien, Arzhel sentit le découragement le gagner. Il avait mal aux côtes à force d'être cambré et ses muscles étaient tétanisés, car il poussait vraiment de toutes ses forces contre le menhir. Il ouvrit la bouche pour annoncer à sa complice qu'il abandonnait, mais pas un son n'en sortit. Il était sans voix devant le spectacle qui se déroulait sous ses yeux. Une sorte de brume sortait du bout d'une des ailes de Macha, comme un fluide qui tirait la pierre vers le haut. Imperceptiblement, il sentit la Pierre de Fâl bouger. Instinctivement, il poussa plus fort malgré la douleur qu'il ressentait dans ses bras et dans ses reins. Brusquement, ses pieds glissèrent, son dos perdit contact avec la pierre et il faillit tomber. Il se retourna. La Pierre du Destin flottait à un peu moins d'une coudée au-dessus du sol et continuait à s'élever comme si elle était aussi légère qu'une plume.

– Je l'ai! Je l'ai! croassait Macha la noire, en état de surexcitation totale.

Les plumes de ses vêtements étaient hérissées et frémissantes. Un hurlement franchit enfin les lèvres d'Arzhel. Il n'osait y croire. Ils possédaient la pierre sacrée. Incapable de se calmer, il sautait sur place, riait, pleurait, criait, se frappait les cuisses et le torse en répétant à son tour:

– Je l'ai! Je l'ai!

Soudain, il n'y eut plus rien entre Macha et lui. La Pierre de Fâl avait disparu. Il avança la main et ne rencontra qu'un espace vide. La peur le saisit. Mais Macha continuait de rire…

– Tu ne comprends pas! La pierre est passée dans un univers parallèle, comme l'épée que Celtina a obtenue de Nuada, comme Luinn, la lance magique que lui a confiée Lug, comme le chaudron de Dagda. La Pierre du Destin est avec nous, même si on ne peut la voir. Ne sens-tu pas sa présence?

Arzhel tenta d'apaiser les battements de son cœur et de calmer la frénésie qui l'agitait. Il avait besoin de sérénité pour ressentir les choses, et notamment pour percevoir la présence du dernier talisman des dieux dans un monde invisible.

– Oui ! s'exclama-t-il enfin. La Pierre du Destin est bien là où tu le dis. Nous avons réussi ! Nous avons réussi !

– Maintenant, il faut que nous l'emportions hors d'Ériu ! reprit Macha la noire. Mais où ? Peu importe où je tenterai de la cacher, les Tribus de Dana vont la repérer, elle dégage une énergie considérable et facilement détectable par des dieux.

– Tu aurais pu y penser avant ! grommela Arzhel. Maintenant, nous sommes dans un sacré pétrin.

– Réfléchis au lieu de toujours te plaindre ! répliqua la Dame blanche. Il nous faut un endroit qui dégage assez de magnétisme en lui-même pour masquer celui de la pierre. Un endroit où elle passera inaperçue…

– Le cercle des Pierres suspendues* ! s'écria Arzhel. En déposant la Pierre de Fâl parmi toutes les autres, elle disparaîtra au sein du groupe.

– Bonne idée ! Mais c'est trop près d'Ériu, fit Macha en grimaçant. En suivant ton raisonnement, je suggère plutôt Karnag, dans le pays des Vénètes.

– Hum ! C'est dangereux. Les Romains contrôlent la région…, objecta Arzhel.

– Justement ! Pour les Romains, une pierre de plus, une pierre de moins… Ils n'y verront que du feu, s'enthousiasma Macha. Et puis, Celtina est en Gaule…

– Oui, et alors?

– Alors?! Une fois que tu auras récupéré tous les vers d'or, tu devras trouver le chemin de la Terre des Promesses. La Pierre de Fâl en constitue la clé. Celui qui la possède voit ses capacités psychiques augmenter. La Pierre du Destin te permettra de découvrir la voie à suivre et te montrera la Terre des Promesses.

– Et Cuchulainn? demanda Arzhel qui répugnait à laisser le vaillant héros d'Ériu seul et blessé.

– Il s'en tirera tout seul! Les Thuatha Dé Danann veillent sur lui, répondit Macha sur un ton apaisant. Les Ulates se sont réveillés et sont en train de remporter la victoire dans leur guerre contre Mebd et Aillil. L'Ulaidh n'a plus rien à craindre. Mais nous, nous devons filer rapidement…

Arzhel acquiesça de la tête. Encore une fois, Macha la noire avait raison. La Dame blanche prononça donc de nouvelles incantations, puis entoura le jeune druide d'un bras chargé de plumes. Ils disparurent de Tara.

CHAPITRE 6

Un hurlement lugubre... des pleurs déchirants... des cris terrifiants... des lamentations... et, encore et toujours, la terrible voix gutturale* et menaçante de Cythraul*, le maître des non-êtres du Síd, qui tourmentait Celtina. Voilà les seuls sons qui parvenaient à Malaen, malgré toutes ses tentatives pour en percevoir d'autres. Il avait bien tenté de faire voler en éclats la lourde porte qui le séparait de ses amis, mais il n'en avait récolté que des éraflures aux sabots, de l'écume à la bouche et des meurtrissures au flanc. L'angoisse qu'il ressentait pour ses compagnons pouvait l'affaiblir, tout autant que ses vains essais pour les rejoindre. Il avait fini par reprendre le contrôle de son esprit et s'était retiré dans un coin obscur pour réfléchir.

Le tarpan avait été conduit dans une infâme pièce sombre, dépourvue d'ouvertures et envahie d'une odeur de moisi, de mort, mais surtout de peur émanant de tous ces êtres tourmentés qui, avant lui, avaient été emprisonnés dans cet endroit terrible et glacial et n'en étaient jamais ressortis vivants.

Le cheval agita les oreilles et ses naseaux frémirent. De toute sa vie de cheval de l'Autre Monde, il n'avait jamais perçu de telles exhalaisons. Dans cette salle des tourmentes, plusieurs êtres avaient perdu la vie, il en était convaincu. Il pouvait en percevoir d'infimes particules qui subsistaient encore dans l'air, comme si leur crainte avait laissé une empreinte invisible à l'œil nu mais perceptible par l'esprit. Un frisson parcourut son échine et sa crinière s'agita. Malaen tenta de chasser ces mauvaises sensations pour concentrer sa pensée sur un seul but : entrer en contact avec Celtina ou Ossian afin de les rassurer sur son sort et, surtout, de connaître leur état mental et physique. Pendant de longues minutes, il monopolisa toute la force de son esprit, mais en vain. Il ne parvenait pas à projeter ses pensées à travers les murs de la maison de la Vallée des Ifs, comme si les matériaux dont ils étaient constitués établissaient une barrière infranchissable entre lui et ses amis.

Il était si concentré sur son objectif qu'il ne s'aperçut pas qu'une porte habilement dissimulée dans un mur s'ouvrait lentement derrière lui. Un être, petit et difforme, vêtu d'un simple pagne, se glissa sans bruit dans la pièce. Il portait une longe et traînait une hache trop lourde pour lui. Au moment où la créature allait lui passer le licol autour du cou, le tarpan réagit instinctivement en faisant un écart. Il tourna la tête et ses grands yeux sombres rencontrèrent alors un regard rose pâle.

Ces étranges iris appartenaient à un enfant-vieillard au teint pâle, blanc au point d'en être presque transparent, qui laissait deviner sa structure osseuse sous la peau. Le visage était flétri à l'extrême et le nez, crochu, avait l'apparence d'un bec d'oiseau au-dessus d'un menton effacé. De petite taille et d'une maigreur effrayante, l'être chétif arborait une chevelure incolore et clairsemée.

En le regardant bien, Malaen constata que la tête de l'enfant-vieillard était disproportionnée par rapport au corps. Poursuivant son inspection, le tarpan aperçut des oreilles dépourvues de lobes, des lèvres fines et bleutées et un thorax en forme de poire. L'être se mouvait difficilement, et la raideur de ses membres l'avait empêché de réagir avec agilité et rapidité au sursaut du petit cheval.

Le tarpan savait à qui il avait affaire : c'était à coup sûr un changelin, un enfant de ban-sidhe, un gnome au visage de vieillard, qui ne grandirait pas et mourrait jeune en raison de problèmes cardiaques. Malaen se demanda comment un changelin avait pu atterrir dans la maison de la Vallée des Ifs. Au moment où le tarpan se faisait cette réflexion, l'enfant-vieillard recula brusquement, comme s'il avait été frappé par une force invisible. Le cheval constata que les petites mâchoires du garçon se crispaient sur ses dents déchaussées.

– Tu es... tu es... un cheval de l'Autre Monde, bafouilla le changelin, tremblant de tous ses membres.

Malaen vit les os du garçon s'entrechoquer sous sa peau diaphane. Il en resta un instant ébahi avant de retrouver la parole.

– Oui, je suis Malaen. Et toi?

– Inwë, bredouilla le garçon en avalant difficilement sa salive. Je suis... un... un...

– Un enfant de bansidhe, compléta le tarpan, puisque l'être semblait hésiter sur sa propre identité. Que fais-tu ici? Qui est l'ignoble bansidh qui a osé t'abandonner aux mains de Cythraul?

– Non, tu ne comprends pas! se révolta l'enfant-vieillard. Lorsque ma mère, Creirwy* dite Pur Joyau, la nymphe des Bansidhe, a constaté ma maladie, elle n'a eu d'autre choix que d'échanger ma vie contre celle d'un enfant gaël. Elle pensait que mes chances de survie étaient meilleures au-dessus de la terre que dessous.

Inwë soupira avant de poursuivre:

– Malheureusement, lorsque mes parents adoptifs ont découvert que j'étais malade, ils m'ont étouffé. Cythraul m'a enlevé au moment où je poussais mon dernier souffle pour m'emmener dans l'Anwn... et faire de moi un esclave des non-êtres.

Aïe! Pas de chance, murmura Malaen pour lui-même avant de s'adresser de nouveau au changelin:

– Que fais-tu avec cette hache et ce licol?

– Cythraul m'a ordonné de t'attacher solidement et de te couper la tête..., répondit le garçon à voix basse tandis que des larmes glissaient au bord de ses yeux roses, car il avait honte de ce que le maître des non-êtres l'obligeait à faire.

– Oui, je vois! répondit le tarpan. Il compte faire pression sur Celtina en m'exhibant comme un trophée.

– Tu es un cheval de l'Autre Monde, tu appartiens aux Thuatha Dé Danann, tu viens du même endroit que moi, je ne peux pas te tuer, fit Inwë en laissant tomber la hache à ses pieds, alors que ses épaules s'affaissaient sous le poids de la lourde décision qu'il venait de prendre.

– Peux-tu sortir de cet endroit à ta guise? reprit le tarpan qui avait une idée en tête. En tant que non-être, tu peux sans doute parcourir la Vallée des Ifs sans te faire remarquer...

– Oui! Je vois à quoi tu penses! s'exclama le changelin dont le visage ridé et chagriné s'éclaira d'un sourire grimaçant. Je peux échanger ta vie contre celle d'un autre cheval. Dans la Vallée des Ifs, je ne trouverai pas ce dont j'ai besoin, mais je peux me rendre dans les Eaux Mortes et capturer un poulain sauvage... Je peux passer de l'Anwn au monde réel des Celtes sans problème, personne ne s'en rendra compte.

— Montre-moi la sortie de cet enfer ! le pressa Malaen. Je dois trouver de l'aide pour sortir Celtina et Ossian de ce cauchemar.

— Hum ! C'est plus compliqué…, réfléchit Inwë tandis que, machinalement, sa main décharnée aux ongles cassants caressait la robe isabelle du petit cheval.

Dans son regard, Malaen découvrit alors que le garçon était en train d'échafauder un plan.

— Reste ici encore un peu, poursuivit le changelin en enroulant la longe sur elle-même. Je vais d'abord capturer un poulain, trancher sa tête et la faire passer pour la tienne. Cela permettra de satisfaire Cythraul et surtout de détourner son attention et celle des Anaon de nous. Nous pourrons alors peut-être nous enfuir de cette maison et gagner un abri sûr.

Malaen renâcla. Inwë avait raison d'être méfiant, mais, pour sa part, il était pressé de sortir de la Vallée des Ifs. Il fallait absolument que les Thuatha Dé Danann soient prévenus et que les dieux trouvent un moyen de libérer Celtina et Ossian avant que la prêtresse ne craque et finisse par dévoiler les vers d'or qu'elle avait déjà retrouvés.

Ou que son entêtement à protéger son secret lui fasse perdre la vie, songea-t-il en se remémorant les nombreuses fois où la jeune prêtresse lui avait tenu tête.

– Si tu sors de cette maison maintenant, tu nuiras à tes amis, intervint Inwë qui avait suivi les réflexions de Malaen. Les non-êtres ont une perception très sensible. Tu seras repéré. Laisse-moi agir seul. Je n'en ai que pour quelques minutes. Je suis un non-être et un bansidh, je peux me déplacer entre deux mondes plus rapidement que n'importe qui, fais-moi confiance !

Malaen renâcla encore. Il n'avait d'autre choix que d'accepter, tout en espérant qu'aucun non-être ne pénétrerait dans cette pièce en l'absence du changelin. Si c'était le cas, non seulement leur plan de fuite tomberait à l'eau, mais sa tête, à lui, tomberait aussi.

Le tarpan agita les oreilles et renifla. Inwë lui gratta le front et s'éclipsa de la pièce tout aussi doucement qu'il y était entré. La porte se referma sur lui, et Malaen eut beau écarquiller les yeux, flairer le mur, le gratter du bout du sabot, il ne retrouva pas l'ouverture. Cythraul avait raison, ses pouvoirs de cheval magique étaient inutiles dans ce lieu maudit. Sa vie et celle de ses amis reposaient maintenant entre les mains squelettiques d'un enfant-vieillard.

Comme il l'avait expliqué à Malaen, Inwë pouvait se mouvoir d'un monde à l'autre, d'autant plus que les non-êtres ne faisaient pas attention à lui puisque, en tant qu'esclave, il n'avait aucune importance à leurs yeux morts. Et pour une fois, il s'en réjouit.

Une fois dans les Eaux Mortes, son état de non-être lui permit d'approcher les chevaux sauvages qui y paissaient sans provoquer la panique au sein de la harde, même si l'étalon dominant manifesta une certaine inquiétude et s'ébroua à quelques reprises. Inwë se jeta sur le dos d'un poulain qui ressemblait à Malaen. L'animal s'affola et s'élança au grand galop dans les marais, s'éloignant des autres. En prenant le contrôle de l'esprit du cheval, Inwë n'eut plus qu'à le forcer à emprunter le chemin invisible qui menait à la Vallée des Ifs. Comme il l'avait affirmé à Malaen, l'opération ne dura pas plus d'une quinzaine de minutes.

– Vite, pousse des hennissements de terreur et les cris les plus effroyables que tu puisses imaginer, lança Inwë à Malaen en réintégrant la pièce obscure, porteur de la tête du poulain qu'il avait sacrifié. Il faut que Cythraul pense que je lui ai obéi et que je t'ai tué.

Malaen s'exécuta consciencieusement; ses hurlements furent terribles. Il eut une pensée pour l'Élue, qu'il tenta encore une fois de contacter pour la rassurer sur son sort. En vain. Inwë déposa la tête du poulain sur un plateau et se dirigea vers la lourde porte de bois qui donnait sur la pièce où étaient retenus Celtina et Ossian. Deux Anaon s'emparèrent du présent macabre sans apercevoir Malaen qui s'était retiré dans le coin le plus sombre de la pièce pour échapper à leurs regards. Il perçut le cri de désespoir d'Ossian et les pleurs de Celtina, mais, pour le moment, il ne pouvait se manifester pour apaiser leurs tourments.

– Et maintenant, que faisons-nous? demanda-t-il à Inwë lorsque la porte se fut refermée.

– Cythraul, les Anaon et les non-êtres sont tous absorbés par leur principal but qui est de terroriser ton amie. C'est donc le moment d'en profiter pour sortir d'ici, répliqua le garçon-vieillard. Dans les Eaux Mortes, près d'un petit étang, existe un tertre qui te permettra de passer dans le Síd. Je vais t'y conduire. Je ne peux rien faire de plus.

– Allons-y! fit Malaen en suivant son guide qui déjà franchissait la porte dérobée.

Inwë guida le tarpan sur un chemin sinueux qui serpentait à travers les ronces et que le petit cheval n'aurait sûrement pas pu trouver seul, dépourvu qu'il était de tous ses pouvoirs magiques. Puis, brusquement, à un détour, le sentier s'élargit, les épineux disparurent et les Eaux Mortes apparurent au grand soleil.

Aussitôt, ce fut un foisonnement de couleurs et de sons. Les échassiers roses dansaient au-dessus des eaux marécageuses en cancanant à qui mieux mieux, les chevaux gambadaient, insouciants, les cigales stridulaient, les vibrations des moustiques étaient bien perceptibles, bref, rien ne pouvait laisser deviner que dans une autre dimension, à deux pas de là, un drame se jouait pour l'Élue. Par des passages spongieux, à peine visibles dans la tourbe, l'enfant-vieillard conduisit Malaen au tertre dont il lui avait parlé.

– Voilà, tu peux entrer dans l'Autre Monde, un tunnel est dissimulé dans ce monticule, déclara le changelin en grattant une dernière fois le front du petit cheval pour lui dire adieu.

– Tu viens avec moi ! répliqua Malaen.

– Mais…

– Non, pas de « mais » ! trancha le tarpan. Tu ne vas quand même pas retourner auprès de Cythraul et continuer à n'être qu'un esclave insignifiant. Tu viens du Síd, ta place est auprès des tiens. Tu ne pourras pas retourner auprès de Creirwy, ta vraie mère, car tu es un enfant bansidh mort… mais Arawn te fera certainement une place parmi les défunts dont il assure la protection ! Allez, pas de discussion, tu m'accompagnes !

Inwë n'avait pas vraiment besoin d'être convaincu. Depuis qu'il avait franchi la porte invisible de la maison de la Vallée des Ifs, il était bien décidé à ne plus remettre les pieds dans l'antre du maître des non-êtres. Il était même résolu à poursuivre sa vie seul, comme une âme errante, mais la proposition de Malaen était beaucoup plus tentante. Il n'hésita pas une seule seconde et, se hissant sur le dos du tarpan, se laissa conduire par les voies secrètes menant au Síd.

Maintenant que Malaen avait quitté la Vallée des Ifs, ses pouvoirs de cheval de l'Autre Monde étaient revenus, intacts, et ce fut à une vitesse vertigineuse que les deux nouveaux amis s'enfoncèrent dans les souterrains mystérieux qui conduisaient vers les domaines des Thuatha Dé Danann.

– Où sommes-nous? demanda Inwë lorsque Malaen s'immobilisa enfin dans une clairière, près d'un tertre dissimulé sous une épaisse couche de mousse et de branchages entremêlés.

Il était encore tout étourdi par ce que ses yeux roses avaient entrevu: les spirales de couleurs, les stalactites et les stalagmites, les cavernes sombres ou éclairées, c'était selon, que le petit cheval lui avait fait traverser à la vitesse de la lumière, et par la cavalcade qui les avait emportés dans une chevauchée sauvage à travers la campagne.

– À Brí Leith, l'entrée du Síd qui se trouve dans le domaine de Midir, le souverain des Tribus de Dana.

– Tu ne m'as pas écouté..., soupira Inwë, dépité. Midir ne pourra pas libérer l'Élue. Je t'ai déjà dit que les dieux des Tribus de Dana perdent leurs pouvoirs lorsqu'ils franchissent la porte de la maison de la Vallée des Ifs... tu l'as constaté toi-même. Même le dieu de l'Autre Monde n'y peut rien...

– Je ne compte pas faire appel à Midir, mais à Arawn, lâcha Malaen en repoussant à grands coups de patte et de chanfrein* les branches sèches qui obstruaient l'entrée de Brí Leith.

– Arawn! répéta avec respect l'enfant-vieillard. Le frère de Cythraul…

– Je te conduis dans l'Annwvyn, la terre des Bienheureux, pour te protéger. J'en profiterai pour parler au maître des lieux, expliqua Malaen. Il est le seul qui puisse encore sauver Celtina… Accroche-toi bien à ma crinière! Nous entrons dans le Síd.

Inwë assura sa prise sur les crins et le tarpan se précipita avec son petit passager dans les souterrains magiques de l'Autre Monde. Midir, Brigit, Mac Oc et Goibniu virent passer le petit cheval, mais aucun d'eux n'eut le temps de l'intercepter pour l'interroger.

Les dieux des Tribus de Dana étaient sans nouvelles de l'Élue, et si l'inquiétude n'occupait pas encore totalement leurs divins esprits, plusieurs s'interrogeaient sur son silence inexplicable. Dagda l'avait perdue de vue depuis qu'elle avait mis les pieds, par inadvertance, dans le domaine de Cythraul. Après avoir discuté de sa soudaine disparition avec Lug, Ogme et Goibniu, le Dieu Bon avait accepté de faire preuve de patience avant d'entreprendre une mission de sauvetage qui s'avérerait sans aucun doute très compliquée du fait qu'il était impossible aux Thuatha Dé Danann d'intervenir dans le domaine du maître des non-êtres.

L'arrivée du petit cheval féerique dans le Síd causa une grande surprise aux dieux, d'autant plus que Celtina ne l'accompagnait pas. Ils essayèrent de sonder l'esprit du tarpan pour découvrir ce qui était arrivé à l'Élue, mais le cheval n'avait pas de temps à leur consacrer. Fermant son esprit, il fonçait comme une flèche vers l'Annwvyn, sans ralentir la cadence, sans faire de détour, se moquant des obstacles, buttes, rivières, grottes, palais et hameaux féeriques qu'il contournait à la vitesse de l'éclair.

Inwë, cramponné à sa crinière, le visage fouetté par le vent qui soufflait dans l'Autre Monde, était trop occupé à garder son équilibre sur le dos où il était juché pour avoir la moindre pensée pour l'Élue. Tant et si bien que les dieux virent passer ce drôle d'équipage sans être en mesure de savoir ce qui pouvait bien le pousser à filer aussi rapidement et sans avoir de réponses à leurs questions inquiètes.

Inwë se laissait emporter sans faiblir. Ses pâles yeux roses avaient beaucoup de difficulté à se fixer sur le paysage qui défilait devant lui. Il était tout étourdi, ses doigts déformés lui faisaient mal à force de serrer les crins de sa monture, le vent lui coupait le souffle, mais il tenait bon.

Soudain, Malaen interrompit son galop éper-du et se mit au trot, puis, quelques minutes plus tard, passa au pas, et enfin s'arrêta net au pied d'une haute colline dont le sommet disparaissait dans les nuages. Inwë inspira profondément pour retrouver son souffle, mais il n'était pas encore temps pour l'enfant-vieillard de prendre un peu de repos ; déjà le tarpan gravissait une rude montée, se frayant un chemin entre de grands pins blancs givrés, aux formes tordues et étranges.

Au fur et à mesure de leur avancée, les pins cédèrent la place à des taillis très touffus, toujours incolores. Quelques minutes plus tard, la pente s'adoucit enfin et un sentier étroit apparut entre deux rangées de jeunes sapins immaculés. Il était impossible de voir quoi que ce soit derrière eux, les ténèbres avalaient leurs pas sous leur épais manteau. Puis, brusquement, alors que rien ne laissait présager le sommet, Malaen et Inwë se retrouvèrent dans une immense clairière aux hautes herbes blanches où l'air était plus frais sans être froid, simplement plus pur.

Devant eux se dressait une forteresse immaculée, bordée d'immenses arbres dont les ramures, en s'étendant, constituaient le toit. Inwë pivota pour regarder le chemin qu'ils avaient parcouru. Une immense forêt blanche protégeait le secret d'Annwvyn, un monde féerique, mystérieux, un monde ouaté où aucun être humain ne pouvait mettre le pied de son vivant. Ici, il était possible de parcourir des centaines de leucas sans rencontrer âme qui vive, si ce n'était des oiseaux et les chiens blancs d'Arawn, gardiens incorruptibles du territoire.

Inwë ne put retenir un frisson. Annwvyn était un monde étrange peuplé des âmes des bansidhe, des dieux, des sorcières, des géants et même des êtres humains qu'Arawn avait pris sous sa protection. Un univers à la fois terrifiant et attrayant...

Un craquement fit sursauter le changelin. Malaen s'engageait maintenant sur un chemin recouvert de pommes de pin craquant sous ses pas, qui menait vers la porte de la forteresse. Celle-ci s'était ouverte à leur approche ; sans aucune intervention visible, Arawn avait autorisé leur entrée dans son domaine.

Inwë se laissa glisser du dos de Malaen, mais ne s'écarta pas de l'ombre protectrice du petit cheval magique. Le mystère qui enveloppait ce lieu lui fit l'effet d'un épais manteau qu'on jetait sur ses épaules. Il se sentit envoûté, aspiré par l'Annwvyn. En ce lieu, il devenait un mort parmi les morts, mais aussi un être bienheureux parmi les Bienheureux.

La cour de la forteresse abritait de nombreux arbres vénérables, dont un formidable hêtre aux branches blanches, noueuses, sous lesquelles les deux visiteurs distinguèrent le maître des morts du Síd. Arawn arborait ses courts bois de cerf ébréchés et délavés, dans lesquels s'entremêlaient des feuilles dentelées et immaculées de houx. Le tout jaillissait d'une longue chevelure blanche ébouriffée, constituée de minces fils entrelacés. Son visage blafard, au front et aux joues parcourus d'entrelacs* bleutés, disparaissait dans une longue barbe spectrale. Ses orbites étaient vides, dénuées de vie. Arawn était enveloppé dans une longue houppelande grisâtre, d'où s'échappaient deux mains dépourvues de peau. La cape reposait sur les épaules d'un squelette aux os blanchis.

Inwë jeta un coup d'œil à Malaen. Le changelin ne se sentait pas du tout à l'aise devant celui dont ils venaient réclamer l'aide. Le tarpan baissa la tête pour saluer le maître des lieux.

– Ainsi, tu as bravé les interdits pour franchir les portes de mon domaine, fit Arawn, s'adressant à Malaen. Tu ne manques pas de courage !

– Je ne crains pas la mort, répondit le tarpan. Je suis prêt à te donner mon âme pour que tu sauves l'Élue.

Éberlué, Inwë pivota vers le petit cheval. Ce dernier s'était bien gardé de lui dire qu'il allait offrir sa vie à Arawn pour sauver celle de Celtina.

– Cythraul a pleine souveraineté sur l'Anwn, répondit la voix glacée d'Arawn. Je n'ai pas à me mêler de ce que mon frère fait ou ne fait pas dans son domaine.

De gros flocons se mirent à voltiger autour des deux visiteurs, et si Inwë se laissa distraire, le tarpan, tenant fermement à son idée, ne se laissa pas perturber par cette manifestation du courroux* d'Arawn.

– L'Élue doit terminer sa mission, répliqua Malaen en s'ébrouant pour chasser la neige de son toupet. Si elle échoue, alors l'Anwn, l'Annwvyn, le Síd, tout cela ne sera bientôt plus qu'un lointain souvenir pour les Celtes. Tu ne peux pas rester les bras croisés, à assister à la destruction de notre univers…

— Si tel est notre krwi*, il doit s'accomplir! répondit sentencieusement Arawn alors qu'une violente tempête neigeuse se déchaînait.

Inwë assistait bouche bée à cet échange surréaliste. L'impression d'aspiration qu'il avait ressentie à son arrivée prit brusquement tout son sens pour lui. Devenu une créature d'Annwvyn, l'enfant-vieillard se sentait étrangement indifférent au sort de l'Élue, tel que le décrivait Malaen. Les morts n'avaient que faire du destin.

La neige tombait maintenant à plein ciel, et Arawn profita de l'écran qu'elle avait dressé entre lui et les visiteurs pour disparaître. Les genoux de Malaen plièrent sous lui; il était accablé par l'échec de sa tentative.

— Inwë, je t'avais promis de t'emmener dans l'Annwvyn, t'y voici! Tu es libre de faire ce que tu veux. Arawn ne t'a pas renvoyé, tu es donc chez toi maintenant.

Devenu insensible au sort des vivants, qu'ils soient hommes ou êtres féeriques, l'enfant-vieillard s'éloigna, sans un regard en arrière, entre les flocons qui bientôt dissimulèrent sa maigre silhouette aux yeux de Malaen. Le tarpan se sentait seul, triste, abandonné. L'envie de se coucher là et d'y attendre la mort s'empara de lui. Il se laissa tomber sur le flanc gauche et rapidement la neige le recouvrit.

CHAPITRE 7

Transi et les pensées anesthésiées par le froid, Malaen disparaissait presque entièrement sous un amas de neige ; ses naseaux tressaillaient par intermittence, mais déjà son esprit engourdi avait renoncé à se battre contre le sentiment d'abandon qui l'envahissait. Malaen ferma les yeux et se laissa glisser dans l'inconscience.

Tout à coup, une petite main blanche apparut comme par magie et s'activa autour de la tête du tarpan pour le libérer de sa gangue* glacée ; elle travaillait vite et avec application. Il n'y avait plus un instant à perdre. Déjà le souffle du petit cheval n'était plus qu'un mince filet et ses battements de cœur avaient ralenti au point de n'être plus perceptibles. Inwë redoutait d'être intervenu trop tard.

En effet, après s'être enfoncé dans la tempête à la suite d'Arawn, alors que depuis son arrivée dans l'Annwvyn il paraissait totalement indifférent au sort de son compagnon de voyage, le changelin avait eu la surprise de ressentir de la compassion, de la pitié et surtout une grande tristesse. Ses pensées l'avaient ramené vers Malaen et l'Élue. Il était maintenant le seul à pouvoir intervenir.

Sans hésiter, il s'était élancé vers le palais blanc d'Arawn, n'ayant qu'une seule idée en tête : convaincre le maître de la terre des Bienheureux de secourir le tarpan et, par le fait même, de libérer Celtina de l'emprise de Cythraul.

À son entrée dans le palais, Inwë avait trouvé le bâtiment vide et silencieux, ankylosé par le courant d'air froid qui le traversait de part en part. Errant de pièce en pièce, hurlant le nom du maître d'Annwvyn, l'enfant-vieillard crut devenir fou de désespoir. Dans l'espace envahi par le froid, il n'entendait que l'écho de ses propres cris : aucun autre son, aucune trace de présence dans ce monde terrifiant et sans vie.

Les yeux hagards, échevelé, le cœur battant la chamade dans sa poitrine atrophiée, les lèvres tremblantes et les membres bizarrement désynchronisés, Inwë courait dans tous les sens sans parvenir à se décider sur une direction à prendre, sur un couloir à emprunter, sur une pièce à explorer. Il était pourtant conscient que s'il ne trouvait pas quelqu'un rapidement, ses amis étaient condamnés.

Traversant toute la résidence royale, Inwë parvint finalement dans un immense parc donnant sur l'arrière du palais. Ce que ses yeux rose pâle lui dévoilèrent alors le figea sur place.

Le paysage était d'une beauté à couper le souffle ! Il en oublia presque la raison de sa présence dans ce lieu. Il n'arrivait pas à ouvrir les yeux assez grand pour s'imprégner de la splendeur des arbres recouverts de dentelles de glace qui scintillaient sous un soleil blanc, froid, mais féerique. Ce fut à peine s'il entendit la neige craquer sous ses pas lorsqu'il s'avança comme un somnambule au-devant de cette vision fantastique. Étonné, il s'arrêta devant des branches basses qui dissimulaient des fruits blancs ou argentés entre leurs feuilles d'apparence métallisée. Lui qui était habitué à la grisaille de l'antre de Cythraul avait mal aux yeux devant tant de beauté immaculée. Il ferma les paupières, incapable de supporter plus longtemps l'éblouissante lumière blanche qui l'enveloppait. Soudain, une ferme voix mâle le tira de ses rêveries.

– Bienvenue chez toi, Inwë, fils de Creirwy...

L'enfant-vieillard sursauta. L'être qui se tenait près de lui ressemblait trait pour trait à Arawn et, pourtant, le changelin était convaincu qu'il ne s'agissait pas du maître d'Annwvyn.

– Ah ! Je vois que tu t'interroges sur mon identité, poursuivit la voix. Je me présente donc : Pwyll*, ancien roi de Dyfed.

Inwë avala sa salive de travers et s'étouffa. Pwyll vint à son secours en le secouant énergiquement.

– Je sais ce qui t'amène dans l'Annwvyn, enfant de bansidhe, reprit l'ancien roi de Dyfed, à la grande surprise de l'enfant-vieillard qui l'écoutait bouche bée, dévoilant les quatre ou cinq mauvaises dents mal plantées qui ornaient sa mâchoire inférieure proéminente.

– C'est ton jour de chance, poursuivit Pwyll. Ma période de règne sur le pays des Bienheureux a commencé à l'Alban Efin. Arawn me cède le pouvoir chaque année, c'est notre convention... C'est la raison pour laquelle il ne s'est pas occupé de vous lorsqu'il vous a découverts à l'entrée de son royaume. C'est à moi maintenant de décider s'il vous est possible ou non de rester parmi nous.

Inwë hocha la tête en silence. Comme tous les êtres féeriques, il connaissait parfaitement l'histoire de l'ancien roi de Dyfed.

Le tout avait commencé plusieurs années auparavant à Cymru, sous le règne des Thuatha Dé Danann. Ceux-ci exerçaient leur souveraineté sur le pays en maîtres absolus et incontestés. Pwyll était roi du comté de Dyfed et son autorité s'étendait jusqu'à la frontière d'Annwvyn.

Un matin, alors que le soleil se levait à peine sur son domaine royal de Glyn Cuch, Pwyll sauta sur le dos de son cheval splendidement harnaché et, suivi de sa meute de chiens de chasse, il s'enfonça dans les bois, bien décidé à lever un cerf pour la fête qu'il avait prévu donner le soir même.

Après plusieurs heures de vaines recherches, alors qu'il croyait rentrer bredouille, Pwyll vit passer un cerf majestueux portant de superbes bois. L'animal était poursuivi par une meute de chiens d'un blanc éclatant, mais aux étranges oreilles rouges. Subjugué par la splendeur du cerf, le chasseur royal ne prêta aucune attention aux chiens blancs et s'élança à son tour aux trousses du magnifique cervidé : une proie de choix qu'il comptait bien s'approprier pour en faire la pièce d'honneur de son festin à venir.

Lorsqu'il parvint à l'endroit où le cerf avait été acculé par les chiens blancs, Pwyll ne remarqua pas que les sombres forêts de son domaine avaient cédé la place à des arbres opalins décorés de dentelles givrées. Il bondit devant les blancs molosses, dégaina son épée et, à force de moulinets, parvint à faire déguerpir les chiens féeriques. Il banda ensuite son arc et décocha une flèche mortelle au majestueux cervidé. Le trait atteignit la bête entre les deux yeux, la tuant sur le coup. Emporté par sa frénésie, le chasseur sortit son coutelas et s'empressa de dépecer l'animal, se réservant les meilleurs morceaux et jetant le reste à ses propres dogues*. Concentré sur sa tâche, il n'avait pas pris garde à la présence derrière lui d'un être enveloppé dans une houppelande grise qui l'observait avec une certaine surprise mêlée de colère.

– Seigneur de Dyfed, ton manque de courtoisie est une insulte à mon intelligence, gronda le nouveau venu.

Pwyll pivota sur lui-même et se retrouva face à face avec un personnage à la noble prestance, dont le chef* était orné de bois de cerfs délavés auxquels pendaient des branches de houx. Le corps décharné et les yeux vides de l'être clamaient sans équivoque son appartenance au royaume des Morts.

– Roi Arawn! s'exclama Pwyll, se rendant enfin compte qu'il n'était plus dans les forêts de Glyn Cuch, mais qu'il avait franchi, dans sa course effrénée derrière le cerf, les frontières de l'Annwvyn.

Le maître du royaume des Morts inclina la tête sans dire un mot. Visiblement, il attendait des excuses que s'empressa d'exprimer le roi de Dyfed, terriblement gêné par ses actes.

– Que puis-je faire pour que tu me pardonnes? demanda Pwyll, le front rougi par la honte.

Il savait que sa fougue l'avait poussé à dépasser les bornes et que sa vie ne tenait plus qu'à un fil. Arawn avait le pouvoir de le retenir à tout jamais dans le monde des Morts. On ne chassait pas impunément sur les terres du maître de l'Autre Monde.

Arawn ne répondit pas immédiatement. Il réfléchissait au gage qu'il allait exiger du roi de Dyfed. Il admirait la bravoure, la force et surtout l'arrogance et le courage de Pwyll, qui le poussaient à admettre sa faute sans chercher à justifier ses erreurs : des qualités qu'il comptait mettre à profit pour vaincre son ennemi de toujours, le redoutable Hafgan, qui lui disputait la suprématie d'Annwvyn.

— Pour te faire pardonner, je te demande de te mettre à mon service..., répondit finalement Arawn.

Pwyll frissonna. Le maître d'Annwvyn voulait-il faire de lui son esclave ? Il ne pouvait s'opposer aux désirs du souverain du royaume des Morts. Sa morgue et son courage ne lui seraient d'aucune utilité dans ces circonstances.

— Ne t'inquiète pas, poursuivit Arawn qui avait percé les pensées de son interlocuteur. Je n'ai pas besoin d'un esclave, mais plutôt d'un guerrier, vaillant et redoutable... Lorsque tu auras accompli la mission que je vais te confier, tu pourras rentrer chez toi, libre et sans qu'il te soit fait aucun mal.

— Je ferai ce que tu me demanderas avec plaisir, certifia Pwyll.

— Tu sais sans doute que je dois partager la souveraineté sur l'Annwvyn avec mon ennemi juré, Hafgan...

Pwyll hocha la tête sans prononcer une parole, attendant la suite de l'exposé du roi des Morts.

— Ce damné Hafgan me harcèle et je ne parviens pas à me débarrasser de lui... La magie ne peut venir à bout de ce trouble-fête. Seule une blessure causée par une arme forgée par un Thuatha Dé Danann peut lui ôter la vie... Et tes armes, si je ne me trompe, ont été fabriquées par Goibniu, le dieu-forgeron.

Encore une fois, Pwyll acquiesça de la tête sans prononcer une parole.

— Dans deux jours, je dois retrouver Hafgan au gué de la rivière qui sépare nos deux territoires, poursuivit Arawn. Mais cette fois, je compte bien me faire justice et devenir le seul maître d'Annwvyn. Pour ce faire, j'ai besoin de toi...

— Mon épée et mon courage sont à ton service, seigneur Arawn, s'écria le roi de Dyfed, trop heureux de s'en tirer à si bon compte.

— Tu vas combattre Hafgan à ma place... mais méfie-toi ! Tu dois le tuer d'un seul coup. Surtout... surtout, ne réponds pas à ses supplications. S'il est blessé et te demande de l'achever, ne lui assène pas un deuxième coup, car alors il se relèverait, une seconde blessure lui rendant la vie... et il deviendrait alors totalement indestructible. J'en ai fait l'expérience et c'est pour cela que, moi-même, je ne peux plus le vaincre.

— Je ferai exactement comme tu m'as dit, tu peux compter sur moi, roi Arawn, jura Pwyll en portant sa main droite à son cœur pour appuyer son serment.

– Je vais te donner mon apparence, ainsi Hafgan ne se méfiera pas…, ajouta Arawn en levant les mains en direction de son interlocuteur.

Aussitôt, la silhouette de Pwyll emprunta celle du roi d'Annwvyn. Bien malin celui qui aurait pu y déceler la moindre différence.

La pointe du deuxième jour trouva Pwyll solidement campé au gué de la rivière qui délimitait les territoires d'Arawn et de Hafgan. L'ennemi du maître du pays des Bienheureux arriva quelques secondes plus tard. Comme son double Arawn, Hafgan arborait des andouillers* sur la tête ; toutefois, au lieu de houx pendant entre leurs branches, il exhibait des lambeaux de velours gris. Une même houppelande grise recouvrait le corps décharné du prétendant à la souveraineté d'Annwvyn. Physiquement, rien ne pouvait différencier les deux souverains du royaume des Morts.

Hafgan et Pwyll se jaugèrent du regard. Le roi de Dyfed attaqua le premier, mais Hafgan détourna habilement l'épée en levant la sienne à la hauteur de sa poitrine. Les deux armes s'entrechoquèrent, mais aucun des deux combattants ne faiblit. Pendant près d'une heure, utilisant tour à tour la ruse et la force, les belligérants* échangèrent de nombreux coups, sans toutefois qu'aucun soit fatal ni même dangereux pour l'adversaire.

Enfin, épuisé, Pwyll rassembla ce qui lui restait de courage et lança toutes ses énergies dans le dernier coup qu'il asséna à Hafgan. Cette fois, ce dernier, complètement vidé de ses forces, ne parvint pas à parer le coup. Frappé à la hauteur du front, Hafgan s'écroula.

Comme le roi de Dyfed s'approchait pour vérifier l'état de son adversaire, le prétendant à la souveraineté du monde des Morts laissa échapper un râle dans lequel Pwyll entendit distinctement les mots : « S'il te plaît, achève-moi ! »

– Ah, tu crois pouvoir me déjouer par la ruse, répliqua Pwyll. Si je te portais un second coup, je n'aurais plus qu'à m'en mordre les doigts. Je ne ferai rien de tel !

En entendant ces paroles, Hafgan sut alors que sa fin était proche. Dans un dernier souffle, il demanda à ce que jamais son nom ne soit oublié, lui qui avait fait preuve de bravoure sur le champ de bataille. Pwyll le lui promit en prononçant des mots qui, depuis, étaient bien connus dans toute la grande Celtie : « Par Hafgan… je le promets ! »

Et c'était ces paroles mêmes que Pwyll était en train de prononcer lorsque Inwë quitta le monde des souvenirs pour réintégrer le temps présent.

– Pardon ! ? ne put que demander l'enfant-vieillard qui n'avait pas du tout suivi le discours du roi de Dyfed.

– Je disais que puisque Arawn et moi régnons à tour de rôle pendant un an sur l'Annwvyn, par Hafgan, je le promets… je vais sauver tes amis ! Il n'est pas dit que Cythraul aura le dernier mot. Et puis, je n'oublie pas que j'ai une dette envers l'Élue. Elle est venue au secours de mon fils Pryderi* et lui a épargné des conditions de vie humiliantes pour un aussi valeureux guerrier.

– Alors, dépêchons-nous, il n'y a plus un instant à perdre ! le pressa Inwë. La neige tombe très fort et Malaen s'affaiblit, car il a perdu la foi.

Enveloppant l'enfant-vieillard dans sa houppelande, le maître provisoire des Morts du Síd se propulsa aux portes d'Annwvyn où le tarpan s'était laissé envahir par le chagrin, brisé par la fatalité et l'apparente inutilité de ses efforts pour protéger l'Élue.

Et maintenant, la petite main fébrile du changelin se hâtait de libérer le tarpan de son manteau glacé, sous l'œil bienveillant de Pwyll. Le maître provisoire d'Annwvyn ne pouvait toutefois lui prêter son concours, car le simple contact de ses membres décharnés et sans vie aurait pu provoquer la mort du petit cheval. Chaque être touché par Pwyll ou Arawn, en tant que rois du royaume des Morts, devenait à jamais résident du pays des Bienheureux. Et ce n'était certes pas le destin de Malaen.

Au fur et à mesure que l'enfant-vieillard dégageait le tarpan, il se rendait compte de l'état lamentable du petit cheval couché sur le flanc gauche. Il se demandait comment ramener la vie dans ce corps qui ne savait plus la retenir.

Sous les caresses d'Inwë, Malaen trouva finalement la force d'ouvrir un œil, mais ce qu'il découvrit ne l'incita guère à s'accrocher à l'existence. La présence aux côtés du changelin d'un être qu'il prit pour Arawn était le signe indéniable que son âme irait bientôt rejoindre celles des autres bienheureux du Síd. Il referma son œil et poussa un profond soupir, dans l'attente que la main décharnée du roi des Morts vienne cueillir son dernier souffle.

– Allez, lève-toi ! le houspilla Pwyll, sans pour autant le toucher. Ton heure n'est pas venue ! Tu as tant et tant à faire. Ce n'est pas encore le moment de te reposer pour l'éternité.

Ces paroles s'infiltrèrent jusqu'à la raison de Malaen. Dans son demi-coma, le cheval de l'Autre Monde s'interrogea sur cette façon qu'avait Arawn de lui parler. Puis, un doute s'insinua enfin dans son esprit : cet être ne pouvait pas être le roi des Morts. Il releva lentement la tête, rouvrit son œil droit et fixa celui qui le regardait de ses orbites mortes. L'enfant-vieillard y lut l'interrogation qui l'habitait et devina les pensées du tarpan.

– C'est Pwyll ! précisa Inwë en s'activant rapidement sur les flancs du cheval pour en ôter le restant de neige qui les recouvrait, tout en les frictionnant vigoureusement de la main.

Rassemblant tout son courage et ses dernières forces, le tarpan se releva péniblement sur ses pattes fragilisées par le froid qui les avait engourdies. Il lui fallut quelques secondes pour retrouver son équilibre, puis il se secoua vigoureusement. Il se sentait physiquement faible, en déficit d'énergie, mais une faible lueur venait réchauffer ses espoirs.

– Je vais t'aider à sauver l'Élue, l'assura Pwyll.

– Mais aucun Thuatha Dé Danann n'a de pouvoirs dans le royaume des non-êtres de Cythraul ! protesta Malaen, dont l'esprit encore embué ne parvenait pas à raisonner avec calme.

– Tu as raison, lui répondit calmement Pwyll. Seuls Arawn et Cythraul peuvent exercer leur magie dans l'Anwn…

– Ah, tu vois ! soupira de désespoir le petit cheval.

– Et… moi ! Oublies-tu que, lorsque je prends les rênes d'Annwvyn pendant un an, je revêts la même apparence et je détiens les mêmes pouvoirs qu'Arawn ? poursuivit Pwyll sur un ton didactique, comme s'il parlait à un attardé et devait lui expliquer le pourquoi du comment.

Inwë se tourna vers Malaen et afficha son plus beau sourire… qui était passablement hideux ; néanmoins, le petit cheval l'apprécia à sa juste valeur. L'aide de Pwyll et du changelin était une bénédiction.

Le roi de Dyfed s'adressa ensuite à l'enfant-vieillard.

– Il est temps pour toi de faire tes adieux à Malaen. Ta place est ici… Tu ne peux pas prendre le risque de retourner dans le royaume des non-êtres.

Inwë hocha la tête. Son chemin se séparait définitivement de celui de Malaen et de l'Élue. Il en était peiné, mais, comme le lui avait dit le tarpan, l'Annwvyn serait dorénavant son seul havre pour les siècles à venir. Un endroit où son âme serait en paix, à l'abri de la méchanceté humaine et divine.

– Pour le moment, Cythraul retient Celtina dans le Gobren, le monde de l'Injustice, là où les âmes sont dans un état végétatif, expliqua Pwyll. Il faut à tout prix la délivrer avant que Cythraul ne l'emmène dans le Kenmil, le monde de la Cruauté, où l'être vivant se laisse emporter par ses instincts et ses habitudes. Si l'Élue entrait dans le Kenmil, elle pourrait renoncer à sa mission et n'aspirer qu'à vivre son existence d'être humain ordinaire.

– Elle va tenir tête à Cythraul très longtemps et ne lui livrera pas les vers d'or, répliqua Malaen.

– Effectivement, confirma Pwyll. Tout autre qu'elle aurait déjà renoncé et accepté la vie sans souci, sans douleur, mais sans défi et sans exaltation du Gobren, telle que la lui offre Cythraul. J'ai bien peur que son entêtement force Cythraul à la précipiter dans le Kenmil très rapidement.

– Ce n'est que par la cruauté qu'il pourra parvenir à ses fins, soupira Malaen. Qu'attendons-nous pour voler à son secours ?

Le tarpan tourna ses yeux suppliants vers Pwyll pour inciter le maître d'Annwvyn à s'activer. Ce dernier esquissa un sourire en examinant le ciel laiteux.

– J'attendais cet instant précis…, fit-il en désignant l'astre solaire qui se levait paresseusement. C'est le mois d'Edrinios*, celui des passages secrets, qui commence. Nous pouvons profiter de voies d'accès privilégiées entre l'Annwvyn et l'Anwn… Suis-moi !

Pwyll s'élança dans un taillis d'arbustes blancs et gelés qui s'écartèrent pour lui livrer passage. Malaen faillit être pris de court par le bond en avant du maître d'Annwvyn, mais il se précipita à son tour dans la trouée. Inwë ne bougea pas et salua d'un signe de la main ses deux complices qui s'enfonçaient dans des passages inconnus.

CHAPITRE 8

Malaen ne put réprimer un frisson lorsqu'il émergea, entre deux ronciers, dans un espace chaotique et désertique. Un endroit qu'il ne connaissait que trop bien, puisque c'était exactement le même que celui où il s'était aventuré avec Celtina et Ossian… quelques heures, ou jours, ou semaines plus tôt. Il avait perdu la notion du temps.

Très vite, il perçut distinctement les clameurs qui l'avaient attiré lors de son premier séjour dans ce lieu infernal. D'un signe de la main, Pwyll, qui l'avait précédé, l'incita à le rejoindre. Le regard perçant du roi de Dyfed était concentré sur une petite lueur qui dansait au loin.

— La cabane de Cythraul, souffla le tarpan.

Pwyll hocha la tête en silence ; puis, le maître provisoire d'Annwvyn reprit sa progression en évitant adroitement les pierres acérées du chemin qui menait vers l'antre du Destructeur.

Grâce aux pouvoirs de dissimulation de Pwyll, les deux sauveteurs purent s'avancer près de la porte de la masure sans qu'aucun non-être ne perçoive leur présence. Le maître du royaume des Morts était la seule entité dont les facultés magiques subsistaient dans l'Anwn, et Pwyll, en prenant la place d'Arawn, avait été investi de ses capacités infaillibles.

La voix de Cythraul, toujours aussi cassante, rauque et désagréable, leur parvint distinctement à travers les planches pourtant épaisses de l'huis*.

– Tout est écrit d'avance, tu ne peux rien y changer…, disait Cythraul. Tu ne récoltes que ce que tu as semé, et rien d'autre. Ton krwi t'a portée dans ce lieu, en cet instant. Et maintenant ton âme m'appartient. Je peux en faire ce que bon me semble : te garder dans le Gobren et te faire connaître l'Injustice, ou te précipiter dans le cercle de la Cruauté de Kenmil, comme je l'ai fait avec ton ami le cheval de l'Autre Monde. Mais sois assurée d'une chose, jamais tu ne quitteras l'Anwn.

– Tes menaces n'y changeront rien, fit une voix lasse et brisée par le chagrin, que Malaen aurait reconnue entre mille, puisque c'était celle de Celtina. Tu ne pourras garder mon âme bien longtemps, puisque l'Anwn n'est qu'un passage. Lorsque l'Ankou se sera emparé de moi, je connaîtrai le cercle du Renouvellement, celui du monde invisible et du subconscient, où mon âme continuera à tout jamais à vivre la vie simple des vivants…

Se faisant plus assurée au fur et à mesure de sa réplique, Celtina poursuivit sans faillir :

– C'est pour cela que la mort ne change rien à la vie d'un Celte. Je serai partie du monde des vivants, mais je mènerai la même existence qu'autrefois sur l'autre rive… poursuivant ma mission dans l'Au-delà !

– Ha ! ha ! ha ! ricana Cythraul méchamment. Je ne laisserai pas ton âme se ranimer dans le cercle du Renouvellement. J'ai le pouvoir de te maintenir dans l'Anwn à tout jamais. Tu ne connaîtras jamais la félicité et la paix. À moins… à moins que tu ne révèles les vers d'or. Dans ce cas, je consens à te livrer à l'Ankou pour que ton destin s'accomplisse… dans l'Autre Monde.

En entendant cet échange, Malaen se mit à trépigner sur place. Les menaces de Cythraul étaient sans équivoque : jamais le géant ne laisserait Celtina quitter ce piège de la maison de la Vallée des Ifs.

Le cheval tourna ses grands yeux en amande vers son compagnon. Il se demandait comment Macha la noire avait pu convaincre Cythraul de se faire le complice de ses basses manœuvres. Le tarpan s'interrogea : la Dame blanche était-elle autre chose qu'une simple sorcière ? Dissimulait-elle des pouvoirs beaucoup plus puissants que ceux qu'elle consentait à laisser paraître ? Et pourquoi persistait-elle à s'acharner sur Celtina ? Son immense désir de domination ne pouvait expliquer, à lui seul, cette obstination maligne. Le tarpan était convaincu que les motivations de Macha dépassaient largement le simple désir de gouverner le monde celtique. Il y avait de la vengeance dans son entêtement à contrecarrer le destin de l'Élue. Mais vengeance de quoi? Celtina ne lui avait jamais rien fait… Du moins, il ne le pensait pas.

Pwyll, dont le visage osseux demeurait impassible, se contenta encore une fois de hocher la tête en silence tandis que le tarpan le dévisageait dans l'espoir d'obtenir des réponses à ses interrogations, mais en vain. La main décharnée de Pwyll effectua une légère poussée sur la lourde porte. Malgré le peu de force consenti par le roi de Dyfed, les battants s'entrebâillèrent; Malaen entendit la barre et la chaîne qui les condamnaient tomber sur le sol de pierre de l'autre côté. La porte s'ouvrit toute grande, faisant se retourner, courroucées, les ombres filiformes qui entouraient Celtina. Quelques Anaon s'élancèrent vers les intrus, mais se figèrent instantanément dans les airs sur un geste du maître provisoire d'Annwvyn, avant de filer se cacher dans quelque coin et recoin où ils espéraient sans doute se faire oublier.

– Arawn! s'exclama Cythraul, se méprenant sur l'identité du nouveau venu, car, rappelons-le, Pwyll avait revêtu pour un an l'apparence du roi du royaume des Morts. Va-t'en, mon frère… poursuivit le Destructeur. J'ai à faire!

– Cesse immédiatement ! rétorqua Pwyll sur un ton sans appel.

Découvrant Malaen derrière le nouveau venu, Celtina voulut se précipiter vers son ami. Sa joie était telle qu'elle crut que son cœur allait sortir de sa poitrine. Toutefois, ses jambes ne lui répondaient plus. Elle était paralysée par le pouvoir du maître des non-êtres.

Cythraul pivota vers elle en levant la main. D'un geste, il pouvait la tuer et la précipiter dans le Kenmil d'où personne ne pourrait jamais la faire revenir. Mais, ayant anticipé la réaction du géant difforme, Pwyll leva la main à son tour. Aussitôt, de longs serpentins bleutés extrêmement brillants s'échappèrent des doigts maigres du roi de Dyfed. Ils s'enroulèrent comme des serpents autour du corps de Celtina, d'Ossian et de Malaen, dressant autour d'eux une cage de protection lumineuse. La rage fit scintiller les yeux blancs du colosse. Et la colère du Destructeur décupla lorsqu'il se rendit compte que Malaen avait survécu. Cythraul hurla le nom d'Inwë, mais bien entendu l'enfant-vieillard ne répondit pas ; il était maintenant en sûreté dans l'Annwvyn.

Lorsqu'il constata l'absence du change-lin, la fureur du géant blanc fut telle que les quelques objets qui meublaient son antre furent arrachés du sol et projetés sur les murs où ils se fracassèrent en milliards d'atomes invisibles à l'œil nu. Les non-êtres, balayés par le souffle de sa frénésie, poussèrent des hurlements terribles. Ouvrant des gorges obscures comme autant de trous noirs, ils engouffrèrent la matière en suspension. Bientôt, il ne resta plus rien autour des protagonistes que l'air, lui-même privé de toute consistance, tant et si bien que tous se retrouvèrent en état d'apesanteur. Seule la protection assurée par Pwyll empêchait Celtina, Ossian et Malaen d'être aspirés par le vide. Cythraul, le seigneur du Néant, ne pouvait rien contre le maître provisoire d'Annwvyn. Ils étaient d'égale force et leurs actions s'annulaient l'une l'autre.

– Cythraul, tu es la Nuit, ténèbres au sein des Ténèbres, prononça Pwyll sur un ton incantatoire. Tu n'es que l'impuissance, privé de toute capacité…

– Et toi, mon frère, je te connais trop bien, tu ne sauras pas me vaincre…, répliqua le Destructeur qui, aveuglé par sa fureur, n'avait toujours pas identifié le roi de Dyfed. Nous avons trop de fois joué à ce petit jeu.

– Cythraul, n'as-tu donc rien appris? soupira Pwyll. Tu n'agis que par instinct. Celui-ci te porte à exécuter certains actes sans avoir aucune notion de ce que sont leurs objectifs, à employer des moyens, toujours les mêmes, sans chercher à en inventer d'autres, ni à tenter de connaître les rapports entre les moyens que tu mets en œuvre et le but qu'ils atteignent.

Cythraul, faisant face à Pwyll, haussa imperceptiblement les épaules, mais soudain son visage blanc se mit à blêmir encore plus et vira au gris. Il venait de se rendre compte de sa méprise.

– Eh oui, c'est moi, Pwyll, roi de Dyfed ! Es-tu donc si obnubilé par ta haine que tu en as oublié qu'Arawn me cède le pouvoir un an sur deux ? Tu es dépourvu de volonté, tu n'es qu'une créature issue de la nécessité et non du vouloir, c'est pour cela que je peux te contrecarrer. Tu n'as pas d'existence réelle…

– J'existe parce que l'on croit en moi, se défendit Cythraul en ricanant. Tant que des êtres comme ces trois-là – il pointa d'un doigt crochu ses prisonniers et Malaen – seront convaincus de ma présence, alors j'existerai.

Les oreilles de Malaen s'agitèrent. Comment n'y avait-il pas pensé avant ? Il était un cheval de l'Autre Monde, il savait que Cythraul était le Néant. S'il n'avait pas eu si peur pour Celtina, il aurait pu agir. Son amour pour la jeune Élue avait embrouillé sa réflexion. Mais cette fois, le Destructeur ne pourrait plus l'atteindre. Le tarpan tenta de chasser de son esprit l'image même de Cythraul. Aux paroles du maître de l'Anwn, il avait enfin compris que c'était sa propre crainte qui alimentait l'existence du monstre. Mais Celtina et Ossian étaient encore sous le joug* de leurs peurs. Tant que la frayeur habiterait leur âme, Cythraul se matérialiserait. Le Destructeur n'était que le fruit de leurs cauchemars.

— Tu sais très bien que les non-êtres de ta cour ont une durée de vie excessivement courte, car elles progressent vers un plus haut degré de vie, poursuivit Pwyll. De forme en forme, Dagda le Dieu Bon, dans son immense amour pour tous les êtres, les guide en dehors de l'Abred… Tu n'as de pouvoir que ce que la peur engendre, et tu n'as de durée que le temps que les âmes non matérialisées consentent à t'accorder…

Celtina écoutait cet échange entre celui qu'elle croyait être Arawn et son frère Cythraul, et peu à peu la lumière se fit dans son esprit, au fil des arguments de son sauveteur. Elle comprit que, pour se libérer du monstre, elle devait se servir de son intelligence et s'abstenir de se laisser guider par son instinct.

J'ai encore beaucoup de choses à apprendre sur le druidisme, songea-t-elle. *Je ne suis qu'une étudiante, bien entendu choisie pour une grande mission, mais je suis bien loin de pouvoir aspirer au titre de prêtresse…*

— L'instinct est aveugle, poursuivit Pwyll, comme si cette fois il s'adressait spécialement à elle. L'intelligence permet d'employer des moyens variables et variés pour parvenir à un but…

— Oui, bien sûr ! murmura-t-elle tandis que peu à peu ses capacités de raisonnement reprenaient le dessus sur ses craintes.

*J'ai pu m'instruire et profiter des expériences
que mes ancêtres ont vécues avant moi. Je suis
un être doté d'intelligence, et je dois me laisser
conduire par la réflexion plutôt que manipuler
par mon instinct.*

Elle se souvenait surtout des enseignements
de Maève, de notions qu'enfant elle avait apprises
mécaniquement sans toutefois les comprendre,
en se demandant même parfois si tout cela était
bien utile.

Et soudain, certains mots employés par la
grande prophétesse lorsqu'elle lui enseignait la
philosophie druidique devinrent clairs : « Dagda
conduit les âmes vers l'état d'êtres vivants là où
le Bien et le Mal s'équilibrent… Aucun des deux
ne l'emporte sur l'autre, si ce n'est par les choix
que font les êtres. Par la liberté, le discernement,
le pouvoir de choisir, ils se dirigent d'eux-mêmes
vers le Bien ou vers le Mal… »

Vers l'Annwvyn ou vers l'Anwn, songea-
t-elle. Puis, le vers d'or que lui avait confié Maève
s'imposa à son esprit : « Trois choses vont en
croissant : le Feu ou Lumière, l'Intelligence ou
Vérité, l'Âme ou Vie ; elles prendront le pas sur
toute chose. » *Pour que mon âme redevienne
vie, j'ai besoin que mon intelligence me montre
la vérité et me conduise ainsi vers la lumière…
Oui, c'est ça !*

— Cythraul n'existe pas, il n'est que néant !
s'écria-t-elle en reportant son attention sur le

colosse tandis qu'Ossian, éberlué, la fixait en se demandant si l'Élue avait perdu la tête.

Pour quelqu'un qui n'existe pas, Cythraul est terriblement réel, songea le fils de Finn.

L'enfant n'avait pas saisi la portée des paroles de Pwyll et de Celtina et, par sa peur, il persistait à entretenir l'existence du Destructeur.

– Tu dois te débarrasser de tes craintes, Ossian ! le pressa l'adolescente. Ce sont tes peurs qui permettent à Cythraul de se matérialiser et de te tourmenter. Si tu parviens à saisir que ce sont tes craintes qui lui donnent vie, alors tu pourras te débarrasser de lui… et nous en libérer tous.

– Oui, mais…, balbutia-t-il en faisant de véritables efforts pour comprendre. Si Cythraul n'est pas ce qu'il semble être, alors c'est qu'il est forcément quelque chose d'autre…

– Dans l'Anwn, les âmes possèdent fort peu de Vie et un degré très infime de Bien, intervint Pwyll. Par contre, elles possèdent beaucoup de la Mort et du Mal, et c'est ce qui les rend mauvaises. Elles vivent et existent à peine… parfois même inconsciemment. Dans l'Anwn, on trouve le moins possible de vie, et c'est là que la mort est la plus profonde. C'est pour ça que les druides disent que le Néant absolu n'existe pas, mais qu'il porte en lui l'être en train de se former, de se matérialiser.

– Alors, un séjour dans l'Anwn n'est pas si mauvais que ce que l'on dit… C'est grâce à lui si les âmes peuvent renaître après avoir connu l'Injustice du Gobren et la Cruauté du Kenmil, laissa enfin tomber Ossian dont le visage s'illumina. Je peux donc croire en l'existence de Cythraul sans me laisser terroriser par lui…

– Exactement, confirma Celtina. Maève m'a dit que c'est dans l'Anwn que prennent naissance les Manred, les germes de Lumière, ces forces aux aspects divers qui, sous toutes les formes, permettent aux âmes d'accéder à l'Immortalité…

– Euh… l'Immortalité ? Tu veux dire que nous sommes immortels, maintenant ? Pourtant, nous ne sommes pas complètement morts…, s'étonna Ossian.

– Non, nous ne sommes pas immortels. Nous n'avons connu que le monde de l'Injustice, pas celui du Kenmil, répondit l'Élue.

– Ah, dommage ! laissa échapper le fils de Finn dans un bel élan de naïveté, ce qui déclencha l'hilarité de Pwyll, de Celtina et même de Malaen.

Leur rire eut alors un effet inattendu : en dispersant les peurs d'Ossian, il chassa aussi Cythraul. Le Destructeur disparut brusquement, emmenant avec lui quelques non-êtres encore trop effrayés pour profiter de l'occasion et ainsi lui fausser compagnie, et les Anaon qui, eux, regagnèrent leur abri du Val d'Orgueil.

Sitôt Cythraul disparu, la clairière désertique qui avait abrité son repaire s'évanouit à son tour, et même l'image de Pwyll s'évapora comme un manteau de brume qui se détricote sous les rayons du soleil.

Les trois voyageurs se retrouvèrent libres, dans un marais salant où s'activaient des paludiers. Il leur fallut quelques minutes pour reprendre leurs esprits et se convaincre qu'ils étaient de retour en Gaule, en bordure des Eaux Mortes, et que leur cauchemar était terminé. Ou presque.

Ossian se frotta les yeux, comme pour chasser les dernières traces de ce mauvais rêve. Celtina fut la première à s'inquiéter.

– Hum ! Je ne sais pas du tout où nous sommes… Il n'y a que des étendues de sel à perte de vue. Dans quelle direction se trouve la forteresse de Ra ?

– Demandons aux sauniers, suggéra Malaen qui avait déjà retrouvé son aplomb et les entraînait vers un groupe de Celtes qui s'affairaient à récolter les derniers gros cristaux de sel avant la fin de la saison.

Justement, l'un d'eux, portant un gros sac rempli de sel sur son épaule, se dirigeait dans leur direction et les aborda sans façon.

– Bonjour, Celtina du Clan du Héron, lança l'homme, à la grande surprise de la jeune fille. Je t'attendais. Je suis Melaine*, le dieu-saunier. Dagda m'envoie pour te conduire en toute sécurité à la forteresse des Trois Déesses.

– Il est temps, grommela Malaen. Dagda aurait pu t'envoyer avant que nous ayons à vivre le cauchemar de l'Anwn…

Celtina posa une main apaisante sur l'encolure du petit rouspéteur. Elle voulait d'une part le calmer, mais aussi exprimer toute sa joie de l'avoir retrouvé sain et sauf. Elle n'avait pu manifester toutes ses émotions pendant qu'ils étaient encore dans la maison de la Vallée des Ifs, mais maintenant elle pouvait transmettre son bonheur par des gestes tendres.

– Nous devions vivre ce que nous avons vécu, Malaen. Ce passage n'a pas été inutile… du moins, pas pour moi ! J'y ai appris le sens profond du vers d'or que l'on m'a confié, et aussi que les peurs engendrent les pires cauchemars et peuvent nous empêcher de réfléchir au point que l'on ne puisse plus agir. Je me sens maintenant mieux préparée pour poursuivre ma mission.

– Ouais, si tu veux ! souffla Malaen. Moi, je me serais bien passé de cette expérience. Je suis un cheval de l'Autre Monde et j'ai failli ne pas revenir de cette aventure. Imagine ce qui se serait passé si…

Celtina l'interrompit en grattant le chanfrein du tarpan.

– Allez, cesse de grogner ! Nous nous en sommes tous sortis et c'est ce qui compte. Ossian pourra devenir un Fianna et, moi, je peux poursuivre ma mission. Quant à toi… eh bien, tu as la chance de t'être matérialisé dans ce monde, en ce moment, à mes côtés. N'est-ce pas un grand bonheur?

L'Élue glissa son bras sous celui de Melaine et, l'âme légère, elle se laissa guider entre les canaux et les bassins que le dieu-saunier lui désigna comme étant des vasières, des cobiers, des fares, des œillets, chacun ayant une fonction bien précise dans les salines*, où les hommes terminaient leur harassant ouvrage de récolte du sel marin.

CHAPITRE 9

La joyeuse troupe se laissa guider par le dieu-saunier entre les bras de mer formés de sable, de cailloux et de limons* déposés par les flots tumultueux du Rhodanus. Cette vaste étendue sauvage était coupée de marécages, de touffes de perce-pierres et d'une jolie plante mauve que Celtina identifia comme de la ioubaron*, réputée pour guérir la folie.

– Ici, on l'appelle la lavande de mer, la renseigna Melaine tandis que la prêtresse en recueillait quelques plants qu'elle voulut glisser dans son sac de jute.

Ce fut à ce moment-là qu'elle fit une terrible constatation : elle avait perdu son baluchon. La panique s'empara d'elle.

– Il faut retourner sur nos pas… j'ai dû oublier mon sac dans les marais.

Déjà, elle tournait les talons, mais Melaine la retint par le bras.

– Ça ne servira à rien, Celtina… Tu ne l'avais déjà plus lorsque je vous ai rencontrés…

– Quoi? Ce n'est pas possible, se lamenta-t-elle en tentant une fois de plus de s'éloigner, tandis que le dieu-saunier la retenait d'une main ferme.

– Tu ne comprends pas, lâche-moi!

Elle essaya de se libérer en desserrant les doigts de Melaine, mais celui-ci maintenait fermement sa prise.

– Mon flocon de cristal de neige. J'ai besoin du flocon pour communiquer avec ma mère…

Sa voix vibrait et des larmes perlaient à ses yeux.

– Ton sac est probablement resté dans le monde parallèle où Cythraul t'a conduite…, poursuivit calmement Melaine. Ça ne sert à rien de retourner sur tes pas, tu ne le retrouveras pas!

– Peut-être que Pwyll pourrait le récupérer? suggéra Ossian, triste de constater que Celtina était ravagée par cette perte.

– Malaen, tu dois retourner dans l'Autre Monde pour retrouver mon sac! ordonna Celtina en pivotant vers le petit cheval qu'elle voyait à peine à travers ses larmes.

Le tarpan la dévisagea. Il hésitait à la quitter une fois de plus, mais il ne pouvait lui désobéir. La mort dans l'âme et la tête basse, il s'apprêtait à quitter ses amis lorsque Melaine intervint.

– Nous nous occuperons de ce sac plus tard. Tu n'en as pas besoin dans l'immédiat. Il vaut mieux que Malaen reste avec nous…

Le cheval de l'Autre Monde éprouva alors un grand sentiment de gratitude envers le dieu-saunier.

– Mais… mon flocon, se rebella Celtina.

– Depuis des semaines, voire des mois, ta mère ne s'est pas manifestée, répliqua Melaine. Ce serait bien étonnant qu'elle le fasse là, justement ! N'aie crainte, si elle tentait d'entrer en contact avec toi, Pwyll ou un autre dieu saurait te prévenir.

Celtina savait que le dieu-saunier disait vrai, mais l'inquiétude la rongeait.

– La perte de ce sac n'est qu'un prétexte, fit brusquement Melaine, tranchant. Tu as peur. Tu anticipes ce que tu vas trouver dans la forteresse de Ra et tu te raccroches à cet objet pour exprimer tes craintes…

La jeune fille baissa la tête, abattue et honteuse à la fois. Melaine avait raison : la peur lui nouait les tripes. Pas celle ressentie face au Destructeur. Cette fois, la crainte était différente ; c'était celle que l'on ressent devant l'inconnu, quand notre confiance nous abandonne et qu'on est prêt à tout laisser tomber pour chercher refuge dans les certitudes protectrices de ce que l'on connaît bien. Malgré tout, elle poursuivit sa route en silence, tentant d'analyser les sentiments qui l'habitaient.

Finalement, après quelques heures de marche, la beauté du paysage qui s'ouvrait devant eux eut raison de ses appréhensions et elle se laissa gagner par la quiétude des lieux. Le plus étonnant à ses yeux de jeune Celte du nord, c'était de découvrir les salines, d'un rose franc tirant presque sur le rouge au soleil éclatant. Depuis quelques minutes, elle ne cessait de s'étonner devant les nuances rosées où se posaient ces étranges échassiers saumon qu'elle avait déjà vus plusieurs fois depuis son arrivée dans les Eaux Mortes.

– C'est à cause du plancton* qui vit dans les marais ; il colore les salines et, comme les flamants en consomment énormément, ils finissent par en prendre la couleur, eux aussi…, lui expliqua le dieu-saunier alors même qu'elle se questionnait sur la teinte des oiseaux.

La beauté farouche, l'âme discrète des champs de ioubarons qui s'étendaient autour des étangs entretenaient dans ce terroir une incomparable poésie. Celtina ressentit toute la mélancolie que recelait cette immensité déchirée. Ici, naissance et mort se côtoyaient au quotidien.

Ils poursuivirent leur périple jusqu'à ce qu'un grondement sourd envahisse l'air, faisant renâcler Malaen et froncer les sourcils de Celtina. Elle était familière du bruit de la mer, mais ici, le contraste des vagues frappant un rivage lointain, et pour l'instant invisible, et la sérénité des jeux de lumière sur le paysage était frappant.

Ses yeux suivirent pendant plusieurs minutes les cabrioles de chevaux bruns et blancs qui s'ébattaient à l'horizon. Puis, leurs pas les portèrent vers de vastes étendues de roseaux balayées par de grands vents, où de splendides taureaux au pelage brun foncé paissaient en toute tranquillité, relevant à peine la tête sur leur passage, comme si rien ne pouvait les distraire de leurs occupations. Le bourdonnement des flots se fit plus précis, mais la mer demeurait invisible.

Un instant, l'adolescente crut apercevoir un renard, mais elle se rendit compte de sa méprise lorsqu'un ragondin la fixa de ses petits yeux noirs, avant de disparaître derrière un bosquet de tamaris* dont la floraison estivale éclatait encore en rose tendre.

Enfin, après avoir franchi quelques dunes échevelées d'herbes coupantes, ils virent se dresser les palissades de la forteresse de Ra. Le sable, d'une finesse remarquable, caressait les pieds de Celtina à travers ses sandales. Elle resta figée à écouter le bruit des vagues de Mhuir Mheadhain, la mer du Milieu, que les Romains, avec leur façon coutumière de tout s'approprier, songea-t-elle, appelaient Mare Nostrum, Notre Mer, ou plus communément la mer Intérieure. Les eaux chaudes venaient mourir au pied des remparts, là où les pêcheurs déchargeaient la pêche du jour de leur ratiaria* à fond plat, dans un vacarme incessant de cris, d'appels et de rires.

– Il faudra te montrer très prudente dans la forteresse de Ra, la prévint Melaine en dévalant agilement les dunes, Celtina, Ossian et Malaen tentant maladroitement de l'imiter sans chuter.

Les Romains y sont installés depuis longtemps, et même si, de prime abord, ils semblent accepter le culte que les Celtes rendent aux Trois Déesses, tu dois te souvenir que ce sont leurs dieux et leurs façons de vivre qui prévalent dans la cité.

– Je m'en souviendrai, certifia Celtina.

– Hum ! Je l'espère, murmura Melaine. De toute façon, je t'accompagne dans la ville pour te protéger. Tu dois éviter les faux pas et surtout ne pas attirer l'attention sur les prêtresses qui perpétuent discrètement le culte des Trois Déesses.

– Pour me protéger… ou parce que les dieux ne nous font pas suffisamment confiance pour que nous y allions seulement tous les trois ? renâcla Celtina en désignant Ossian et Malaen.

Melaine la dévisagea avec stupeur. Comment l'Élue pouvait-elle encore douter de la confiance que lui accordaient les Tribus de Dana, après tout ce qu'elle avait vécu en leur compagnie et sous leur protection ?

La prêtresse comprit très vite les pensées qui agitaient le dieu-saunier et s'excusa immédiatement pour ses paroles de défiance, mettant au compte de sa rencontre avec Cythraul le fait qu'elle soit encore passablement ébranlée et peu assurée des intentions des dieux.

– Ce ne sont pas les dieux que tu dois craindre, jeune prêtresse, mais les hommes ! répondit Melaine sur un ton cassant. Les Arelates de l'« Implantation près des marais » et les

Volques Arecomiques de Nemos, c'est-à-dire du « Lieu consacré à la religion », sont depuis trop longtemps liés aux Romains... Nemos se targue même du titre de « Petite Rome ». Ce sont ces tribus devenues gallo-romaines qui dominent toute la région jusqu'à la forteresse de Ra, quoique celles de Massalia, fortes de leur alliance avec Jules César, leur disputent la place.

– Hum ! Oui, je vois..., fit Celtina, atterrée. Tu penses que je me jette dans la gueule du loup !

– Tout à fait ! répondit Melaine en se détendant, puisque Celtina semblait maintenant comprendre les raisons de sa présence à ses côtés. Je connais la région comme le fond de ma poche, car le commerce du sel y est des plus florissants entre Arelate, Nemos, Massalia et d'autres villes de la région. Si tu dois fuir, je saurai te faire sortir de la Narbonnaise en toute sécurité.

Celtina ne répondit rien. Melaine avait raison. Ici, elle était en plein territoire ennemi et elle devait faire attention au plus petit geste, à la moindre parole.

La troupe de voyageurs se dirigea vers l'oppidum, où un fortin était érigé sur une île formée par deux bras du Rhodanus. Pour cela, il fallait emprunter des chemins à peine visibles qui serpentaient entre les marécages et les étendues de sel. Melaine les guida avec célérité. Il avait dit vrai, il connaissait les plus étroits passages, les endroits à éviter, ceux qu'il fallait absolument emprunter, et les emmena directement face à la forteresse. Celle-ci servait depuis des siècles de port-refuge aux commerçants venus des pays d'Orient et constituait un point stratégique pour le commerce vers l'intérieur de la Gaule. Ici se côtoyaient des Égyptiens, des Phéniciens, des Grecs, des Juifs et des Romains qui avaient choisi la forteresse de Ra pour établir leurs comptoirs. L'île était facile à défendre contre les raids des pirates qui écumaient la mer Intérieure et des quelques résistants salyens, une fédération de peuples gaulois que les Romains avaient défaits une quarantaine d'années plus tôt, mais qui tentaient encore avec l'énergie du désespoir de s'opposer à la colonisation en effectuant réguliè-rement des incursions de pillage dans les villes.

Melaine conduisit Celtina, Ossian et Malaen à travers les rues étroites de la forteresse de Ra en leur expliquant qu'ils pourraient trouver refuge dans une maison sûre où quelques prêtresses celtiques avaient établi discrètement leur petite communauté et s'évertuaient à perpétuer le culte des Trois Déesses.

– Tifenn est-elle l'une d'elles ? l'interrogea Celtina, le cœur rempli d'espoir.

– Oui ! lui confirma Melaine avec un large sourire.

L'adolescente poussa un soupir de sou-lagement. Cette bonne nouvelle lui enlevait un grand poids des épaules : elle n'aurait pas à parcourir l'oppidum à la recherche de son amie en risquant de se trahir ou de conduire à son insu les Romains à sa cachette.

Ils arrivèrent devant une masure de pierre et de chaume comme il en existait tant d'autres derrière les palissades de Ra. Rien n'indiquait qu'elle abritait une communauté de prêtresses.

En s'assurant de ne pas être espionné par des yeux étrangers, Melaine tapa trois coups espacés suivis de deux plus rapides contre une porte basse. À ce code, celle-ci s'ouvrit. D'un geste et sans prononcer un mot, une femme d'une quarantaine d'années portant la robe blanche des prêtresses pressa les quatre voyageurs de s'engouffrer dans l'ouverture qui donnait sur une grande cour carrée agrémentée d'un bassin et bordée de buis*, d'amandiers aux branches chargées de drupes* prêtes à être récoltées et de bosquets de lavande en fin de floraison.

L'atrium* respirait la sérénité, et Celtina eut alors la certitude que, dans ce lieu, rien de mauvais ne pouvait survenir. Elle respira plus librement, même si la perte de son flocon de cristal de neige continuait à exercer un certain poids sur sa poitrine.

La prêtresse qui les avait introduits dans la cour leur fit signe de la suivre vers le fond de l'atrium, où elle poussa une porte dissimulée derrière un mur de lierre. Un passage discret s'ouvrit devant eux. En silence, ils suivirent leur guide qui marchait très vite, comme si elle craignait que leur déambulation attire l'attention d'un quelconque observateur invisible. Celtina s'aperçut que la femme les faisait passer de cour en cour.

– Nous tournons en rond! lui souffla Malaen.

L'Élue hocha la tête; c'était effectivement ce qu'elle avait observé.

– On arrive bientôt? demanda Ossian qui, comme tous les enfants de sept ans, trouvait qu'on l'avait assez baladé depuis un certain temps et avait bien hâte d'arriver quelque part pour prendre un peu de repos.

– Chut! lui lança Melaine en lui faisant de gros yeux, ce à quoi le fils de Finn, haussant les épaules, répondit par une moue.

La prêtresse accéléra le pas entre deux masures, puis ouvrit une autre porte et s'effaça pour les laisser passer. Maintenant, ils étaient dans une petite cour dépouillée de végétation et d'ornements. La femme se dirigea vers un panier tressé, puis s'empara d'une aube blanche qu'elle tendit à Celtina. L'Élue tâta l'étoffe avec émotion; voilà bien longtemps qu'on ne lui avait pas permis d'enfiler la robe des druides et des prêtresses. Elle la passa par-dessus ses vêtements guerriers… puis, se rendant compte que son arc, ses flèches, son épée, son coutelas et son bouclier lui donnaient une étrange allure, elle se sépara de ses armes et les remit à Melaine.

La prêtresse, qui n'avait toujours pas prononcé un mot, fit signe à Celtina de la suivre. Elle poussa une porte et l'Élue resta figée sur le seuil. Devant elle étaient réunies une douzaine de prêtresses, recueillies devant un énorme amandier dont les branches s'inclinaient sous le poids très lourd des drupes.

Les yeux de l'adolescente tombèrent sur un trio de statues de bois d'un peu moins de deux coudées de haut, habilement disposées dans l'enchevêtrement noueux du tronc du vieil amandier. Elles évoquaient les Trois Mères, elles-mêmes incarnant le corps, l'âme et l'esprit. Il s'agissait de déesses protectrices, symboles de fécondité, toujours représentées par trois. Sur leurs genoux, l'Élue distingua des fruits dans une corbeille pour l'une, une corne d'abondance pour la deuxième, et la troisième semblait verser sur la terre le contenu d'une patère*. Cette déesse portait également un nourrisson qu'elle allaitait.

Les prêtresses disposaient des offrandes de fruits devant les trois statues. Celtina ne pouvait voir leurs visages puisque les femmes lui tournaient le dos, entièrement concentrées sur leur cérémonie.

C'est déjà l'Alban Elfed, l'équinoxe d'automne, songea-t-elle.

Soudain, des mots qu'elle n'avait pas entendus depuis longtemps résonnèrent dans la cour tandis que la lune remplaçait le soleil dans le ciel.

« De Kalas viennent la Terre et tous les corps solides ; de Gwyar vient tout ce qui est liquide ; de Fun vient tout ce qui est vent, haleine et air, et d'Uvel viennent la chaleur, le feu, la lumière ; de ces principes est issu Nwyvre, le Souffle de Vie. »

L'Élue ferma les yeux, se laissant pénétrer par les paroles incantatoires de ses sœurs prêtresses, entrant en communion avec elles pour vénérer la divine triade : Anu, déesse de la Subsistance, de la Nourriture et de l'Abondance ; Dana, dame du Mouvement, des Marées et de la Transformation ; et Tailtiu, déesse de la Vitalité, de la Force et de la Résistance. Séparément, les trois déesses étaient influentes dans le monde celtique, mais ensemble elles représentaient les trois sphères de l'existence des Celtes, le principe même de la vie sur terre.

– Petite Aigrette, mon amie, te voilà enfin ! fit une voix qu'elle reconnut aussitôt.

S'entendant interpellée par son surnom, que seuls ses proches amis employaient, elle ouvrit les yeux et revint au moment présent.

– Tifenn !...

Les deux filles se jetèrent dans les bras l'une de l'autre. Même si deux années s'étaient écoulées depuis leur séparation, elles eurent, en cet instant, l'impression de s'être quittées la veille. Après ces chaleureuses embrassades, Celtina présenta ses compagnons de route à son amie.

Tifenn l'entraîna ensuite vers un bassin en bordure du vieil amandier où les prêtresses puisaient l'eau destinée à leurs cérémonies. Les deux filles s'assirent, face à face, sur le rebord de pierre, tandis que les prêtresses s'éloignaient. Ossian et Melaine furent conduits dans la maison par la femme qui les avait accueillis à l'entrée, tandis que Malaen se dirigea tout seul vers une grange où il avait entraperçu des ballots de paille qui lui avaient paru fort confortables.

Tifenn, surnommée Joli Écureuil, pressa son amie de questions. L'Élue avait tant de choses à raconter qu'elle ne savait par où commencer son récit. Au début, ses mots se précipitèrent et sa narration fut plutôt décousue. Puis, Celtina entreprit de raconter dans le moindre détail toutes les aventures qu'elle avait vécues depuis leur fuite de Mona. Tifenn hochait parfois la tête ou s'exclamait lorsque l'Élue décrivait ses combats contre Torlach le sorcier et les manœuvres de Macha la noire. Elle garda un silence recueilli et admiratif quand Celtina lui parla de Dagda, de Lug, d'Ogme et des dieux des Tribus de Dana, mais frissonna à l'évocation des Fomoré, de Cythraul et du royaume des Morts.

– Voilà, maintenant tu sais tout ce qui s'est passé, conclut Celtina. Je constate que tu portes toujours la bague que Maève t'a remise.

Les yeux de Celtina s'étaient posés sur l'agate, symbole de solidarité et d'amitié, que Joli Écureuil avait glissée à son annulaire droit.

– Elle ne m'a jamais quittée ! répondit Tifenn en faisant tourner l'anneau autour de son doigt.

– J'ai eu l'étourderie de glisser la mienne dans mon sac, soupira Celtina.

– C'est pour cela que tu n'as pas réussi à te défendre contre Cythraul et les Anaon, répondit Tifenn, compatissant aux malheurs de son amie.

– Et maintenant, je crois que je l'ai perdue à tout jamais, car j'ai égaré ma besace*…, conclut Celtina d'une voix plaintive.

– Je sais que tu es venue pour me demander mon vers d'or, reprit Tifenn. Je vais te le confier, mais tu aurais dû venir plus tôt, cela t'aurait évité quelques problèmes…

Celtina la dévisagea, se demandant ce que Tifenn sous-entendait.

– La phrase que Maève m'a confiée dit ceci : « Trois erreurs font tomber inévitablement dans le cercle de Gwenwed : l'Orgueil fait tomber en Anwn ; le Mensonge fait tomber en Gobren ; la Cruauté fait tomber en Kenmil. »

L'Élue écarquilla les yeux et grimaça d'une façon si drôle qu'elle arracha un éclat de rire à son amie.

Effectivement, si elle avait entendu cette phrase plus tôt, elle aurait pu éviter le piège tendu par Cythraul. Mais aussitôt, d'autres interrogations s'insinuèrent dans ses pensées.

Était-ce l'orgueil qui l'avait précipitée dans le royaume des non-êtres ? S'était-elle, à un moment ou à un autre, laissé guider par un sentiment de supériorité qui l'avait menée tout droit dans le cercle de Gwenwed? Et le mensonge?... Avait-elle trompé quelqu'un? Qui?

Brusquement, la réponse lui apparut. Évidemment, en ne portant pas la bague remise par Maève, elle s'était crue supérieure et capable de se protéger seule. C'était à elle-même qu'elle avait menti, ce qui l'avait précipitée dans l'Anwn, où elle avait entraîné Ossian et Malaen. Elle avait mis leur vie en danger par sa propre légèreté. Tous les tourments qu'ils avaient connus étaient de sa faute.

Celtina était décontenancée. Son joli visage hâlé avait pâli au point où Tifenn crut qu'elle allait défaillir. Joli Écureuil attrapa la main devenue glacée de son amie et la força à quitter le bord du bassin.

– Viens à l'intérieur. Tu as peut-être subi une insolation à force de parcourir les Eaux Mortes dans tous les sens. Et les jours que tu as passés dans l'Anwn ont épuisé tes forces. Tu es toute pâle… et tu frissonnes! Je vais te préparer une décoction qui te remettra vite sur pied, viens!

Celtina se laissa guider sans résistance. L'analyse du vers d'or de Tifenn lui faisait clairement comprendre qu'elle avait été rattrapée par l'orgueil et le mensonge. Mais si elle avait obtenu le vers d'or avant de tomber dans l'Anwn, en aurait-elle compris le sens? Aurait-elle pu modifier son destin?

CHAPITRE 10

Celtina saisit son visage empourpré à deux mains. Ébranlée par de violents maux de tête, elle avait l'impression que le sommet de son crâne allait exploser pour laisser échapper la vapeur qui exerçait une pression insupportable sous son cuir chevelu douloureux et sensible. Tifenn posa une main fraîche sur le front de son amie : il était brûlant. L'Élue était aux prises avec une forte fièvre.

Joli Écureuil poussa Celtina devant elle dans le dortoir qu'elle partageait avec les autres prêtresses de la forteresse.

– Vite, allonge-toi sur mon lit ! l'encouragea-t-elle.

Celtina s'y laissa tomber, à bout de forces. L'endroit était frais et bien aéré, idéal pour y installer l'adolescente souffrante. Tifenn sortit de la pièce, mais y revint quelques secondes plus tard, portant un seau d'eau fraîche et des linges de lin. Elle commença par déshabiller Celtina, puis lui plaqua les pièces d'étoffe humides sur tout le corps, tout en l'incitant à boire de l'eau froide, mais pas glacée, pour ramener la température de son amie à la normale.

Celtina fit la grimace en avalant le breuvage que Tifenn avait préparé.

– Pouach! Tu as fait macérer de la rhodora*…, hoqueta-t-elle tout en se forçant à avaler la mixture.

– Je sais, c'est mauvais, mais efficace, répondit son amie en esquissant un sourire. Nous en conservons toujours quelques flacons au cas où… Et maintenant, dors. Ne t'inquiète pas, je surveille ta température…

Vaincue par l'insolation, Celtina ferma les paupières en grimaçant, car le moindre mouvement était douloureux. D'ailleurs, elle avait l'impression qu'un troupeau de taureaux lui était passé sur le corps tant ses os lui faisaient mal. Après avoir cherché pendant quelques minutes une position confortable, elle finit par s'assoupir.

Derrière le rideau de ses paupières, elle vit se dessiner une forme indistincte. Sans doute était-ce Tifenn qui veillait sur elle, comme elle l'avait promis. Pourtant, un détail lui disait qu'il ne s'agissait pas de son amie; dans son demi-coma, elle songea que ce devait être une autre prêtresse qui avait pris le relais auprès d'elle. L'Élue s'enfonça un peu plus dans le sommeil, alors qu'une main douce écartait des mèches rousses que la sueur plaquait sur son front brûlant.

— Qui es-tu ? demanda Celtina d'une voix rendue très frêle par son état.

Elle essaya de se relever sur son avant-bras droit pour faire face à la forme lumineuse qui se dressait maintenant devant elle, mais chancela et dut se recoucher.

— Arianrhod, répondit la forme évanescente.

La déesse vierge du Destin et de la Lune ! Comment est-ce possible ? se demanda Celtina, émergeant à peine de son état comateux.

Magicienne et maîtresse du krwi, Roue d'argent était la puissante fille de Dana, la déesse-mère qui avait donné son nom aux Tribus de Dana.

Que s'est-il passé ? Où suis-je ? s'interrogea encore Celtina dont l'esprit divaguait. Ses pensées se mirent à galoper sans qu'elle puisse les contrôler. Prise de vertige, elle se sentit tomber, tomber, tomber… Elle sursauta. Puis, elle se tourna sur sa couche et se rendormit d'un sommeil agité par un rêve étrange.

Elle errait dans un lieu qu'elle n'avait jamais fréquenté, et pourtant elle en connaissait le nom : c'était Kaer Dathyl, le palais mythique de Math, frère de Dana, situé dans le nord de Cymru.

Elle se promena de pièce en pièce sans rencontrer âme qui vive. Tous s'étaient rassemblés dans la salle royale où Math achevait son repas en présence de toute sa cour.

La silhouette de Celtina se glissa entre les hauts personnages qui assistaient le roi; parmi eux, elle remarqua une magnifique jeune fille, sûrement la plus belle qu'elle ait jamais vue. L'adolescente appelée Goewin illuminait toute la pièce par sa personnalité, la splendeur de son apparence, mais aussi par l'aura fortement lumineuse qui irradiait de son corps. Elle occupait le poste le plus important à la cour puisqu'elle était troediawc*. Son travail consistait à tenir les pieds du roi sur ses genoux, depuis le moment où il s'asseyait sur son lit pour se lever jusqu'au moment où il allait se coucher. Goewin avait aussi pour mission de gratter le roi si ce dernier était incommodé par la piqûre d'un insecte ou par une quelconque démangeaison; son rôle consistait essentiellement à lui éviter tout accident, tout désagrément.

La première geis de Math précisait qu'il ne pouvait faire appel qu'à une jeune vierge pour remplir cet office de troediawc. La seconde geis de Math lui interdisait de mettre pied à terre en tout temps, à moins de partir en guerre ou d'être sur un champ de bataille. Depuis que Goewin occupait ce poste, Math ne pouvait que se féliciter de son choix, car elle le faisait avec compétence et fidélité, veillant constamment à empêcher ses pieds royaux de fouler le sol vulgaire.

En échange de ses bons services, Math permettait à Goewin de manger dans la même écuelle que lui et de se chauffer à son feu. Le roi lui avait aussi octroyé une terre, des vêtements, des couvertures et un cheval. Si quelqu'un venait à faire outrage à Goewin, le coupable serait condamné à verser à la jeune fille le prix de cent vingt vaches.

La vision de Celtina allait s'estomper lorsque l'adolescente remarqua un magnifique guerrier aux longues boucles blondes. S'obligeant à se concentrer sur la scène qui se déroulait dans son rêve, elle fixa son attention sur ce jeune homme qui se tenait auprès de Math. Il s'agissait de Gilvaethwy, l'un des quatre neveux du roi, fils de sa sœur, la déesse-mère Dana. Avec son frère Hyfeidd, le jeune homme était chargé de faire la tournée des terres pour veiller à ce que tout s'y passe bien, étant donné que Math ne pouvait jamais mettre les pieds au sol, si ce n'était pour faire la guerre. Son frère et lui étaient donc responsables du bon fonctionnement des fermes, des champs et des villages du nord-est de Cymru.

Gilvaethwy avait les yeux rivés sur Goewin. Celtina remarqua aussitôt que l'aura de la jeune fille était irrésistiblement attirée vers le jeune guerrier, comme si un puissant aimant drainait toute l'énergie de la troediawc.

Dévisageant un à un tous les personnages assemblés devant le roi, l'Élue se rendit compte qu'elle était la seule à percevoir la foudroyante attirance du jeune homme pour la porte-pieds. Elle pressentit les problèmes à venir. Depuis qu'elle fréquentait les dieux, elle s'était souvent aperçue que les amours divines finissaient mal, en général.

S'agitant sur sa couche, Celtina, trempée de sueur, replongea plus profondément au cœur de son rêve. Elle se retrouva de nouveau dans Kaer Dathyl. Le redoutable magicien Gwyddyon aux Forces Terribles était justement en train de discuter avec son frère Gilvaethwy, que Celtina eut peine à reconnaître tellement son visage était blême, éma- cié… Il n'était plus qu'une sorte d'image floue en noir et blanc, car il avait perdu toutes ses couleurs. Ses forces aussi s'en étaient allées, lui ôtant toute sa prestance; en fait, le guerrier de Cymru n'était plus que l'ombre de lui-même.

– Que se passe-t-il, petit frère? demanda Gwyddyon, tandis que Celtina se posait men- talement la même question. Je te vois dépérir d'heure en heure….

Gilvaethwy se détourna, les larmes aux yeux.

– Tu ne peux rien pour moi… Je ne peux pas te dire ce qu'il m'arrive, car, tu connais Math, le moindre murmure est porté par le vent jusqu'à ses oreilles.

– Ah, je vois! fit Gwyddyon.

Le magicien s'insinua donc dans l'esprit de son frère en usant de son don de télépathie et lui dit: «Je comprends que tu es amoureux de Goewin…»

Voyant que son aîné avait deviné son état, Gilvaethwy soupira à fendre l'âme.

– Cesse de soupirer. Ce n'est pas ainsi que tu parviendras à te rapprocher de l'élue de ton cœur. Je connais un moyen pour toi d'aimer cette jeune fille… mais pour cela nous n'aurons d'autre choix que de déclencher une guerre… puisque ce sera la seule façon de séparer Math de Goewin. Le veux-tu vraiment ?

Le jeune guerrier cymrique* hocha la tête.

– Allons donc parler à Math, reprit Gwyddyon à voix haute.

Gilvaethwy rassembla le peu d'énergie qui lui restait et se traîna derrière son frère aîné jusqu'à la salle royale où Math se reposait, les pieds toujours posés sur les genoux de Goewin.

– Seigneur, j'ai une grande nouvelle à t'annoncer, s'écria Gwyddyon, à peine entré dans la pièce. Une nouvelle espèce d'animal vient d'être introduite dans le comté de Dyfed.

Math, qui somnolait, se redressa, intrigué.

– Comment s'appelle cette espèce ?

– Des hob*, mon maître ! s'enthousiasma Gwyddyon.

– Et de quoi ont-ils l'air ? s'enquit Math, maintenant tout à fait alerte.

– Ce sont des animaux assez petits, dont la viande est succulente… meilleure que celle des bœufs. On les appelle aussi des morch*.

– Qui les a introduits à Cymru ? s'inquiéta le roi.

– Pryderi de Dyfed*. Il semble que ce soit un présent venu d'Annwvyn de la part de son père Pwyll.

– Eh bien, il me les faut. Tu dois absolument rapporter ces bêtes à Kaer Dathyl.

– Je vais me rendre dans le Dyfed avec onze compagnons déguisés en bardes…

– Et s'il refuse de te donner ces… euh, morch, que comptes-tu faire ?

– Tu connais mon ingéniosité, seigneur, le rassura Gwyddyon. Ne t'inquiète pas. Je trouverai un moyen de te ramener ces animaux ou alors je ne me présenterai plus devant toi.

Celtina s'agita et se mit à parler dans son délire, narrant à voix haute la rencontre de Gwyddyon et de Pryderi. Tifenn, penchée sur elle, épongea de nouveau son front en sueur. La jeune prêtresse était inquiète. La fièvre ne tombait pas et Celtina tenait des propos extravagants. Joli Écureuil se demanda dans quelle dimension l'Élue était en train de voyager.

– Le magicien aux Forces Terribles est aux côtés de Pryderi, décrivit Celtina dont les dents grinçaient affreusement.

Puis, par sa bouche, les différents protagonistes se mirent à s'exprimer eux-mêmes. Tifenn comprit que Petite Aigrette était en proie à une vision prophétique et qu'elle ne devait surtout pas intervenir.

– Lorsqu'un roi accueille des bardes, il est de coutume que ceux-ci lui racontent des histoires et des légendes, déclara la voix du fils de Pwyll par la bouche de Celtina.

Puis Tifenn n'entendit plus rien… Les différents personnages du rêve de son amie s'exprimaient de nouveau dans la tête de Celtina.

– C'est aussi la coutume que ce soit le pen-kerdd, le chef des conteurs, qui prenne la parole, répondit Gwyddyon. Laisse-moi donc te raconter mes histoires les plus amusantes et le meilleur conte de mon répertoire.

Toute la cour se tut, et le magicien enchaîna histoire drôle sur histoire drôle, tant et si bien que tous le déclarèrent le meilleur barde du monde.

– J'apprécie beaucoup ta conversation et ta présence parmi nous, le félicita Pryderi.

– À ton avis, seigneur, reprit Gwyddyon, qui mieux que moi pourrait te rendre compte de notre mission?

– Personne! en convint Pryderi. Tu parles bien et tu possèdes la connaissance et le savoir, je t'écouterai donc avec plaisir…

– Eh bien, voilà! Ma mission est de te demander de donner les animaux que tu viens de recevoir d'Annwvyn…

– Hum! Ce serait avec joie, mais j'ai promis à mon peuple de ne pas me séparer de ces animaux tant qu'ils ne se seront pas multipliés par trois…

– C'est embêtant, tu as raison…, fit Gwyddyon en donnant l'impression de réfléchir.

Puis, comme si une idée venait tout juste de germer dans son esprit, il reprit :

— Je connais un moyen de te libérer de ta parole. Ne me les donne pas ce soir, mais ne me dis pas non… Demain, je te proposerai un échange équitable pour remplacer ces morch.

La soirée s'éternisa, puis les invités se séparèrent. Les douze hommes de Math se retrouvèrent dans le logis qu'on leur avait assigné pour la nuit.

— Nous n'obtiendrons jamais ces cochons en les demandant poliment, grommela Gwyddyon.

— Qu'allons-nous faire ? demanda l'un des hommes.

— Faites-moi confiance ! Cette nuit, je trouverai une idée…

Tifenn appliqua un linge frais et humide sur le front de Celtina et glissa un peu de décoction de rhodora entre ses lèvres desséchées.

— Petite Aigrette, murmura Joli Écureuil. Calme-toi ! Il n'est pas bon que tu t'agites ainsi…

Mais l'Élue n'entendait plus son amie et son esprit était retourné auprès de Gwyddyon.

— Regardez bien dans la cour, disait ce dernier à ses hommes.

Tous se précipitèrent à l'extérieur. Gwyddyon se concentra, respira profondément, puis marmonna des paroles incompréhensibles. Aussitôt apparurent douze étalons et douze lévriers, tous noirs avec la poitrine blanche. Les chiens portaient tous un collier et une laisse tellement brillants qu'on pouvait les croire en or. Chaque cheval était sellé du cuir le plus fin et tout le harnachement semblait aussi d'or plein.

– Allons offrir ce présent digne d'un roi à Pryderi! clama Gwyddyon en se hâtant vers la résidence du fils de Pwyll.

– Bonjour à toi, roi de Dyfed, lança-t-il lorsqu'il pénétra dans la grande salle.

– Sois le bienvenu, mon ami, répondit Pryderi.

– Je t'apporte un moyen de te libérer de la parole que tu as donnée au sujet des cochons. Tu as promis à ton peuple que tu ne les donnerais jamais ni ne les vendrais. Mais tu peux les échanger… pour quelque chose de mieux. Alors, je t'offre les douze chevaux tout harnachés que tu vois devant ta porte et ces douze chiens de chasse avec leurs colliers et leurs laisses, ainsi que douze boucliers dorés…

Ces écus, c'étaient des champignons qu'il avait transformés tout juste avant de se rendre chez Pryderi.

– Je dois réunir mes conseillers, répondit le fils de Pwyll.

Ce qu'il fit sur-le-champ. Les gens du Sud ne savaient que faire des porcs, car ils n'en avaient jamais possédé auparavant. Ils ignoraient s'ils pourraient en faire la reproduction et combien de temps il leur faudrait pour se constituer un bel élevage de cochons, tandis qu'ils connaissaient bien l'utilité des chevaux et des chiens de chasse. Ils décidèrent donc d'échanger les animaux venus d'Annwvyn contre les présents de Gwyddyon, car cela leur semblait beaucoup plus rentable.

La nuit même, les hommes du Nord reprirent la direction du royaume de Math, car le magicien avait prévenu ses hommes que le charme qu'il avait utilisé pour créer les chevaux et les chiens ne durerait que vingt-quatre heures. Bientôt, la supercherie serait éventée, car les animaux disparaîtraient, et Pryderi, furieux d'avoir été trompé, s'élancerait à sa poursuite pour lui faire payer cet affront.

– Je dois faire quelque chose, je dois les empêcher ! cria Celtina.

Inquiète, Tifenn ne savait plus que faire pour la tirer de ce qu'elle prenait pour un cauchemar. Elle avait consulté toutes les prêtresses de la forteresse de Ra, mais aucune n'était parvenue à lui proposer une potion efficace pour ramener l'esprit de l'Élue parmi elles.

– Vite, conduisons les bêtes à l'abri dans les collines, car les hommes de Pryderi ne vont pas tarder à nous rattraper, fit Gwyddyon en conduisant sa troupe dans un endroit sûr.

Ils construisirent à la hâte une soue à cochons qu'ils laissèrent sous la surveillance de deux d'entre eux, tandis que le reste de la troupe retournait à Kaer Dathyl où ils virent que Math avait donné l'ordre de se préparer à la guerre.

– Quelles sont les nouvelles ? demanda Gwyddyon à un soldat qui se pressait de harnacher les chevaux.

– Les hommes de Dyfed arrivent de tous les cantons. Vous avez avancé trop lentement...

– Nous avons dû mettre les cochons à l'abri, répondit Gwyddyon en courant vers la résidence royale de Math.

Il allait en franchir le seuil lorsqu'il entendit les cors qui annonçaient le rassemblement de l'armée. Gwyddyon et son frère Gilvaethwy durent se résoudre à prendre le commandement de leurs hommes pour les mener à la bataille. Mais, le soir même, pendant que leurs soldats installaient le campement, ils s'éclipsèrent en douce pour retourner à la résidence royale. Gilvaethwy se précipita dans les appartements de Goewin. Cette nuit-là, le jeune homme attaqua par surprise la pauvre Goewin qui, malgré ses cris et ses refus répétés, ne put être secourue.

Au petit jour, sans s'inquiéter de la jeune troediawc, les deux frères rejoignirent Math et leurs troupes pour le combat. L'armée était postée en bordure d'un estuaire, sur une vaste étendue de sable.

– Assez de guerre, de combats ! hurla Celtina dans son cauchemar.

Elle ouvrit les yeux et sembla s'adresser à Tifenn :

– Pourquoi les dieux d'une même tribu se déchirent-ils ainsi?… Quel est le mauvais sort qui pèse sur les Thuatha Dé Danann? Je dois poursuivre ma mission…

Elle tenta de se lever, mais elle eut à peine posé les pieds sur le sol qu'elle s'écroula, trop faible pour tenir sur ses jambes. Tifenn appela une prêtresse à la rescousse.

– Tiens-la contre toi! fit la femme. Je vais changer la paille, elle est trempée… Dormir sur une couche aussi humide ne peut qu'aggraver son état.

Appuyée contre l'épaule de Tifenn, Celtina s'abandonna encore une fois à ses visions.

– Le choc, terrible, un vrai massacre! décrivit-elle en sanglotant. Des otages… Pryderi demande une trêve. Il remet la vie de son meilleur ami et de vingt-trois autres jeunes nobles de Dyfed entre les mains des hommes de Math.

Celtina poussa un profond soupir, puis, par sa voix, Tifenn entendit les mots d'apaisement prononcés par Pryderi avant que son amie ne se taise de nouveau, happée par son rêve.

– Il faut épargner les deux armées, dit Pryderi à Math. Tranchons cette querelle face à face, entre Gwyddyon et moi, puisque c'est par sa faute que cette guerre est survenue.

– Je n'obligerai personne à se battre, répondit Math. Mais j'accepte.

– Je ne demanderai pas à tes hommes de se battre pour moi, intervint Gwyddyon. Je peux combattre Pryderi seul à seul. J'accepte moi aussi cette proposition.

Les deux hommes retournèrent vers leurs guerriers qui les armèrent, puis ils se dirigèrent l'un vers l'autre. Mais Gwyddyon était rusé et surtout très habile dans la magie et les enchantements. Se rendant invisible et silencieux, il s'élança vers Pryderi qui reçut le choc dans le dos. Le fils de Pwyll tenta de retourner son épée contre son agresseur, mais fendit l'air, car Gwyddyon avait disparu pour réapparaître à côté de son opposant qu'il frappa une nouvelle fois. Pendant quelques minutes, Pryderi déploya de formidables efforts pour atteindre son ennemi, mais en pure perte, car Forces Terribles jouait avec lui comme un chat avec une souris. Puis, un coup asséné avec vigueur atteignit Pryderi. Le fils de Pwyll s'écroula, tué net.

Celtina hurla, sanglota. D'avoir assisté, en vision, à la mort de son ami, le roi de Dyfed, était plus qu'elle ne pouvait supporter. Elle ne comprenait pas ce qui se passait dans le monde des Celtes. Elle avait réussi à récupérer plusieurs vers d'or et les talismans des Tribus de Dana, mais, lui sembla-t-il, ce n'était pas assez pour sauver sa culture. Les dieux s'entredéchiraient et elle ne pouvait rien faire pour les en empêcher. Elle se sentait totalement inutile. Tout s'en allait à vau-l'eau*, et elle était incapable de maintenir la cohésion nécessaire entre les dieux pour qu'ils s'opposent aux dieux romains. Peu à peu, ceux-ci remplaçaient les Tribus de Dana dans les prières des Celtes, surtout dans la région où elle se trouvait ; ici, les Gaulois du sud étaient devenus dépendants de Rome.

– Il faut libérer les otages, disait Gwyddyon à Math en désignant les jeunes nobles de Dyfed qui, impuissants, avaient assisté à la mort de leur roi.

– Effectivement, consentit Math. Qu'on les libère ! Et maintenant, rentrons à Kaer Dathyl.

L'armée de Math retourna vers la forteresse royale en célébrant sa victoire dans un joyeux tintamarre de chants, de rires et de coups de trompes. Toutefois, honteux de la manière dont il avait traité Goewin, Gilvaethwy préféra ne pas retourner à Kaer Dathyl et annonça plutôt qu'il partait en tournée d'inspection dans tout le royaume.

Math entra dans sa résidence et fit aussitôt appeler Goewin qui, de nouveau, devait prendre son poste de troediawc et recevoir les pieds du roi sur ses genoux.

– Maître, je ne peux plus remplir cette noble charge, fit la jeune fille en rougissant, car je ne suis plus vierge.

– Comment est-ce possible ? hurla Math.

– Seigneur, on m'a agressée. J'ai crié, hurlé, mais personne n'est venu à mon secours, car vous étiez tous partis à la guerre. Ce sont tes neveux Gwyddyon et Gilvaethwy qui m'ont fait violence.

– Ah, mon amie, je suis sincèrement peiné, lui répondit Math en la prenant dans ses bras pour la consoler. Je vais faire de mon mieux pour punir les coupables. Je vais t'épouser et te donner mon domaine en héritage, mes neveux n'auront rien… Et, crois-moi, ils vont payer cher leur forfait.

Gwyddyon et Gilvaethwy s'éloignaient de plus en plus de Kaer Dathyl, bien décidés à ne pas reparaître devant leur oncle avant long-temps. Mais un ordre de ne leur accorder ni le gîte ni le couvert fut rapidement transmis dans tout le nord de Cymru. Tant et si bien qu'affamés et sans boisson, ils durent au bout d'un certain temps se résoudre à revenir chez eux, dans la forteresse royale.

– Bonjour, seigneur! lancèrent-ils en arrivant devant Math.

– J'espère que vous êtes revenus pour subir la punition que vous méritez et pour rendre justice à Goewin, sans parler de la mort de Pryderi, qui me cause une honte profonde.

– Nous sommes prêts à subir ton châtiment, répondit Gilvaethwy qui, au fil de ses jours d'errance, avait fini par se rendre compte de la gravité de son geste envers la jeune vierge qu'il aimait pourtant profondément.

Math prononça donc une incantation et chan-gea Gilvaethwy en biche et Gwyddyon en cerf.

– Maintenant, vous êtes liés. Vous marcherez ensemble comme un couple. Vous aurez des instincts d'animaux. Dans un an, vous pourrez revenir près de moi.

Et Math les mit à la porte de sa forteresse.

Celtina émergea lentement de son rêve et réclama de l'eau d'une voix très faible que Tifenn ne perçut pas. Elle était complètement déshydratée.

Joli Écureuil, qui somnolait à ses côtés, fut finalement éveillée lorsque Celtina tenta de s'emparer du pichet pour se servir elle-même et que, par faiblesse, elle le laissa choir dans un vacarme de poterie brisée.

Tifenn sursauta, puis, se rendant compte que Celtina émergeait de son état comateux, elle s'empressa de la faire boire dans son propre gobelet.

– Comment te sens-tu ? demanda la prêtresse. Tu m'as fait très peur, tu sais. Tu racontes des choses complètement délirantes.

– Ah ! Joli Écureuil. Tu ne peux pas imaginer ce qui se passe chez les descendants des Tribus de Dana. Tout est sens dessus dessous. Ils se battent entre eux. Les dieux s'en prennent aux déesses. Certains d'entre eux deviennent des animaux ou changent de sexe. Même la jeune vierge a été agressée. Je ne comprends pas du tout ce qui se passe.

– Peut-être devrais-tu demander conseil aux Trois Déesses que nous vénérons ici, dans la forteresse de Ra? Peut-être consentiront-elles à te parler… puisque tu es l'Élue.

– Oui… je vais m'adresser à elles. Elles sont les trois mères primordiales de notre culture, elles seules peuvent m'aider à comprendre tous ces bouleversements.

– Repose-toi! lui conseilla Tifenn. Tu dois avoir l'esprit clair pour écouter les mots des Trois Déesses.

– Combien de temps ai-je été transportée dans mes visions? s'inquiéta Celtina.

– Deux nuits et deux jours pleins, lui indiqua Joli Écureuil en lui tendant un autre gobelet d'eau fraîche.

– Malaen et Ossian?

– Ne t'inquiète pas! Ils vont bien. Ils sont venus prendre de tes nouvelles plusieurs fois. Je vais même aller leur dire tout de suite que tu es revenue parmi nous et que maintenant tu dois refaire tes forces.

Celtina hocha la tête, puis s'étendit de nouveau. Cette fois, elle s'endormit paisiblement, sans rêve ni cauchemar.

CHAPITRE 11

Les prêtresses de la forteresse de Ra n'étaient pas destinées à n'adorer qu'une seule Grande Déesse ou un seul Grand Dieu, car, pour les peuples celtes, les divinités étaient fort nombreuses et toutes étaient traitées sur le même pied d'égalité. Certaines étaient rattachées à une tribu en particulier ou alors à des lieux sacrés précis : une rivière, une source, une colline, un arbre, un amoncellement de rochers. Souvent, même, ces dieux et déesses étaient des manifestations d'un aspect de la vie quotidienne : foyer, champ, printemps, chasse, guérison, métier. Ils étaient priés quand cela était nécessaire, et certains n'étaient connus que par quelques clans et dans un secteur géographique précis.

Dans la forteresse de Ra, les Trois Déesses qui étaient vénérées avaient pour noms Anu, Dana et Tailtiu. Leurs statues reposaient dans le tronc noueux d'un amandier de la maison secrète des prêtresses.

Affaiblie, Celtina avait dormi pendant de nombreuses heures. Ce matin-là, le soleil s'étirait paresseusement à l'horizon lorsqu'elle se faufila à l'extérieur pour prendre un bol d'air frais ; elle qui avait dû rester couchée pendant presque trois nuits et trois jours ressentait le besoin de goûter le souffle du vent doux sur sa peau. Ses pas la guidèrent tout naturellement vers l'amandier, un arbre mystérieux dont elle connaissait la signification symbolique : il représentait la réalité derrière les apparences.

Songeuse, elle se dit qu'effectivement elle avait pu constater à de nombreuses reprises au cours de sa quête que la vérité était parfois bien cachée et qu'il était important d'aller au-delà du visible pour en saisir toute la complexité.

Elle garda pendant de longues minutes les yeux fixés sur les statues. Puis, venus du plus profond de son subconscient, des mots se mirent à glisser de ses lèvres, des mots qu'elle n'avait jamais appris à prononcer dans de telles circonstances, mais qu'elle savait les bons pour invoquer les Trois Déesses.

– Anu, tu es la subsistance, la nourriture et l'abondance, la source de l'existence humaine. Guide-moi vers la sortie de l'obscurité, vers la Lumière, comme tu as su engendrer l'humanité depuis une source, une caverne, un lac ou depuis la mer elle-même. Dana, mère des dieux, tu es l'expression de la sagesse, de l'enseignement. Tu symbolises le mouvement, les marées et la transformation, comme l'eau représente la survie pour l'humanité. Tu es le flux et le déroulement de l'existence, la course du sang dans mes veines et le mouvement de l'énergie dans mon cerveau. Guide-moi vers la transformation. Et toi, Tailtiu, j'ai besoin de ta vigueur et de ta volonté. Tu as permis que Tara soit construite en allant au bout de tes forces pour défricher la terre d'An Mhí. Tu as payé de ta vie tes efforts et Lug, ton fils adoptif, a établi les fêtes de Lugnasad en ton honneur. Donne-moi donc ta force et ta résistance pour les épreuves qui m'attendent encore.

– Trois Déesses, trois visages, mais une seule réalité ! intervint Tifenn qui avait suivi son amie dehors pour veiller sur sa santé qu'elle savait encore fragile.

Celtina se retourna vers Joli Écureuil qui vint la rejoindre devant les statues en lui disant :

– Les Trois Déesses représentent la terre originelle. Anu, c'est notre planète avant qu'elle soit habitée. Puis on trouve la terre féconde qui a émergé de l'eau et qui repose sur Dana, et enfin la terre comme elle était quand Tailtiu s'est épuisée à la défricher pour y accueillir les Thuatha Dé Danann.

– Et le bébé, c'est le dieu Lug enfant ? demanda Celtina en désignant le nourrisson sur les genoux de Tailtiu.

– Oui et non, répondit Tifenn.

Puis, comprenant que Celtina ne saisissait pas encore, elle ajouta :

– En fait, puisqu'il repose sur les genoux de Tailtiu, le commun des mortels pense qu'il s'agit de Lug bébé, mais c'est surtout la représentation du fils de…

Elle baissa la voix, comme si elle redoutait que sa confidence ne parvienne à des oreilles indiscrètes:

– C'est celui de la déesse vierge.

– L'enfant d'Arianrhod? s'étonna Celtina. Mais comment… comment est-ce possible?

– Chut! Parlons plus bas, l'enjoignit Joli Écureuil. Dans ton cauchemar, tu t'es approchée de la vérité, mais tu n'es pas allée jusqu'au bout de la révélation, reprit son amie en l'entraînant au bord de la fontaine où elles s'étaient assises quelques jours plus tôt. Je vais te raconter la suite. Tu te souviens que Math a transformé Gwyddyon et Gilvaethwy en cerf et en biche et qu'il leur a dit de ne pas revenir avant un an?

Celtina rassembla ses souvenirs, et finalement acquiesça de la tête: son songe était particulièrement clair et elle s'en rappelait tous les détails.

– Je connais le symbolisme de la biche, c'est la poursuite de la sagesse et de la connaissance, fit Celtina. Je comprends donc que les dieux me demandent de poursuivre ma route, au cours de laquelle j'apprendrai à devenir une meilleure prêtresse. Quant au cerf, il a une fonction psychopompe*, c'est-à-dire qu'il conduit les âmes des morts. Mais à ce que je sache, je ne suis pas encore morte!

Tifenn éclata de rire.

– Non, je te rassure, tu es bien vivante. Mais le cerf est le symbole de ta visite dans le monde de Cythraul. N'oublie pas que Pwyll, qui porte des ramures de cerf blanchies, a su te ramener du Néant jusqu'à la vie. Bien, poursuivons! Ce que tu n'as pu voir, c'est que, au bout d'un an d'exil, Gwyddyon et Gilvaethwy sont effectivement revenus auprès de Math… avec un faon.

– Un faon?! l'interrogea Celtina, surprise.

– Oui… et Math l'a aussitôt transformé en guerrier et l'a appelé Heiz. Mais il trouvait que la punition n'était pas encore suffisante; il a donc transformé les deux frères en sanglier et en laie et les a encore une fois obligés à disparaître de sa vue pendant un an.

– Le sanglier, le courage, la force, mais aussi le symbole des druides, pensa tout haut Celtina.

– Un an plus tard, quand les deux frères sont revenus auprès de Math, ils étaient accompagnés d'un marcassin que le roi a aussitôt transformé en guerrier auquel il a donné le nom de Houch. Puis, il a renvoyé Gwyddyon et Gilvaethwy, cette fois sous forme de loup et de louve. Lorsqu'ils sont revenus après un an d'errance, ils avaient un petit louveteau. Math l'a changé en guerrier et l'a appelé Bleiddwein. Les trois guerriers, Heiz, Houch et Bleiddwein, sont sans doute les trois plus redoutables et fidèles gardes de Math désormais.

– Et les deux frères? questionna Celtina.

– Math a jugé que la punition était suffisante. Ses deux neveux ont pu reprendre leur place auprès de lui.

– Oui. Je vois, fit Celtina. Ces transformations successives représentent le chemin qu'ils ont dû accomplir pour parvenir à la sagesse des druides : le cerf, c'est Cernunos et le passage de la mort ; le sanglier, celui de la connaissance et du pouvoir spirituel ; et enfin, la parole par le loup qui représente Ogme.

– Tu as bien analysé la situation. En effet, Math les a repris auprès de lui et leur a même demandé de lui recommander une autre jeune fille pour occuper le poste de troediawc.

– Oh ! Et qui ont-ils proposé? demanda Celtina en fronçant les sourcils, car elle se doutait bien de la réponse.

– « Je n'en vois qu'une seule qui soit digne de porter tes pieds sur ses genoux, maître… C'est Arianrhod, ta nièce, la fille de Dana », a dit Gwyddyon. Math s'est alors tourné vers la déesse vierge et l'a interrogée.

« Es-tu vierge, ma nièce? »

« Je suis la déesse vierge du Destin et de la Lune », a répondu Arianrhod.

« Avance-toi et enjambe cette branche de vérité ! » Arianrhod a fait ce qu'on lui demandait.

Mais à peine eut-elle passé par-dessus la branche qu'un bébé, grand et blond, a glissé de sous sa robe en criant. Arianrhod s'est enfuie, car tu sais qu'elle représente une femme puissante, maîtresse de son destin, et qu'elle a toujours refusé d'être mère. Mais dans sa course, un second bébé est tombé sur le sol. Toute la cour était figée de surprise, tu le penses bien ! Math a ramassé l'enfant blond et a déclaré que celui-là s'appellerait Dylan. Mais aussitôt, l'enfant a échappé à sa garde, s'est jeté dans la mer et s'est mis à nager comme un poisson dans l'eau, sans jamais qu'aucune vague ne vienne se briser sous lui… Il est donc devenu le «Fils de la Vague».

– Et l'autre garçon ? l'interrogea Celtina.

– C'est Gwyddyon qui a ramassé le bébé et l'a emmitouflé dans son propre manteau. Puis, il l'a déposé dans un panier au pied de son lit. C'est lui qui a élevé l'enfant qui n'avait pas de nom, car aussitôt qu'Arianrhod a appris que son frère avait recueilli son fils, elle a imposé trois interdits au garçon. Le premier fut que l'enfant n'aurait pas d'autre nom que celui que lui donnerait sa propre mère, et, bien sûr, elle refusait de le nommer, car elle ne reconnaissait pas son existence. La deuxième geis fut qu'il ne pourrait jamais porter d'armes tant qu'elle ne les lui aurait pas accordées. Et comme elle ne reconnaissait pas l'existence de son fils, elle ne l'armerait jamais ; et finalement, la troisième geis fut qu'il ne pourrait jamais avoir de femme, qu'elle soit mortelle ou divine.

– Hum! La déesse était vraiment en furie, fit Celtina.

– N'oublie pas, Celtina! Les choses ne sont jamais telles que l'on croit les voir. Et Arianrhod en a fait l'expérience.

– Comment? C'est une déesse... elle ne peut pas se faire abuser par les apparences...

– C'est ce que tu penses! Mais n'oublie pas que ses frères sont aussi puissants qu'elle. Je vais te raconter la suite de l'histoire. Un jour, Gwyddyon emmena en promenade l'enfant sans nom qu'il élevait. Ils passèrent devant la résidence d'Arianrhod. Gwyddyon décida d'aller saluer sa sœur.

« Qui est cet enfant qui t'accompagne? » demanda Arianrhod en désignant le garçonnet d'environ six ans aux longs cheveux noirs qui ne quittait pas Gwyddyon d'une semelle.

« C'est ton fils », répondit Gwyddyon.

« Quoi? hurla la déesse du Destin et de la Lune. Tu as recueilli ma honte. Tu m'as déshonorée en élevant cet enfant et en le gardant avec toi. »

« Si je t'ai fait honte en recueillant un si bel enfant et en l'élevant, alors ta honte n'est pas si terrible », se moqua Gwyddyon.

« Quel est son nom? », demanda aussitôt Arianrhod.

– En posant cette question, la déesse voulait prendre son frère en flagrant délit de trahison et surtout amener l'enfant à violer l'interdit qu'elle lui avait imposé, intervint Celtina, interrompant le récit que lui faisait Tifenn. Tu m'as dit qu'à la naissance du garçon, elle lui avait imposé de n'avoir jamais de nom à moins de le lui donner elle-même.

– C'est exact ! confirma Tifenn. Aussi, Gwyddyon répondit que l'enfant n'avait pas de nom.

« Je te le redis une fois encore, ce garçon ne pourra porter d'autre nom que celui que je lui donnerai moi-même… », insista Arianrhod.

« Tu es méchante et perverse, soupira Gwyddyon. Et je te jure que ce garçon aura un nom et le plus beau qui soit, même si cela te déplaît, ma sœur. Je sais que toi, tu es vexée de ne plus être appelée la Vierge, mais tu ne priveras pas cet enfant de son nom. »

Gwyddyon prit la main du garçon et, à grandes enjambées, il quitta la résidence de sa sœur, furieux d'avoir été aussi mal reçu. Ils retournèrent à Kaer Dathyl pour y passer la nuit.

Le lendemain, très tôt, l'oncle et le neveu s'en allèrent se promener au bord de la mer.

« Regarde bien, mon garçon, dit Gwyddyon. Je vais t'apprendre ma magie afin que tu ne sois jamais démuni. Tu vois ce bois échoué, ce varech* et ce goémon… Eh bien, ne te fie pas aux apparences. Tu as devant toi le plus beau coracle de la région. »

L'enfant ouvrit de grands yeux lorsqu'il entendit son oncle prononcer quelques incantations magiques et qu'il vit aussitôt le bois se lever pour dresser la charpente d'un somptueux curragh. Puis, le varech devint le plus beau cuir, le plus fin. Il transforma ensuite le goémon en voile et en cordage pour équiper le bateau.

« Et maintenant, embarquons et faisons voile vers la résidence d'Arianrhod », fit Gwyddyon en levant les amarres.

Puis, il confia à son neveu :

« Avec le cuir que j'ai obtenu, je vais fabriquer des chaussures, les plus belles qui soient… »

Après presque une heure de navigation, ils arrivèrent en vue de la demeure de la déesse du Destin et de la Lune. Aussitôt, Gwyddyon métamorphosa ses traits et ceux du garçon pour que personne ne puisse les reconnaître.

« Qui sont les hommes à bord de l'embarcation qui approche de mon domaine ? » demanda Arianrhod à un de ses serviteurs.

« Des marchands… des cordonniers, je crois ! » répondit l'esclave.

« Rends-toi jusqu'à eux et va voir quel est le cuir dont ils disposent et quel genre de travail ils font. »

Lorsque l'esclave se hissa à bord du coracle qui avait jeté l'ancre devant la résidence, il trouva Gwyddyon en train de dorer de splendides gallica* de cuir. Il examina les souliers et retourna avec empressement auprès de sa maîtresse pour lui vanter le travail de ces artisans.

« Eh bien, qu'on donne mes mesures au cordonnier et qu'il me fabrique sa plus belle paire de gallica », ordonna Arianrhod.

Gwyddyon s'empressa de confectionner les souliers, mais il les fit beaucoup trop grands.

Arianrhod les essaya et, bien entendu, les chaussures ne lui allaient pas.

« Qu'on le paie pour son travail, mais qu'il m'en fasse d'autres plus petites », commanda la déesse.

Cette fois, Gwyddyon les fit intentionnellement beaucoup trop petites.

« Ah ! aucune de ces chaussures ne me va, se lamenta Arianrhod en tentant de glisser son pied dans les gallica. Qu'on aille le prévenir... »

« Je ne ferai pas d'autres chaussures tant que je ne verrai pas ses pieds moi-même », répondit Gwyddyon à l'esclave qui s'empressa d'apporter le message à sa maîtresse.

Arianrhod se dirigea donc vers le curragh. Lorsqu'elle y parvint, elle remarqua à peine le jeune garçon qui cousait et s'adressa seulement à l'artisan.

« Eh bien, cordonnier, lança-t-elle à Gwyddyon. Je m'étonne que tu ne saches pas faire des gallica qui m'aillent... »

« Maintenant que tu es là, je le pourrai ! » certifia Gwyddyon.

À cet instant, un petit oiseau vint se percher sur le mât du bateau. L'enfant se leva doucement, puis, d'un geste vif, il projeta une pierre qui frappa le roitelet entre le nerf et l'os de la patte.

L'adresse du garçon enthousiasma la déesse.

« Eh bien ! On pourrait t'appeler Lleu* à la Main sûre ! » s'esclaffa-t-elle, laissant éclater sa joie.

« Oui, répondit aussitôt le cordonnier. C'est un très beau nom que tu lui as donné. Désormais, ce garçon sera connu sous le nom de Lleu à la Main sûre. »

À peine eut-il fini de prononcer ce nom que tous les souliers redevinrent varech et goémon.

« Quelle est cette magie ? Tu es en train de m'offenser », rouspéta Arianrhod en voyant ses beaux atours disparaître.

« T'offenser ! Tu n'as encore rien vu », se moqua Gwyddyon en reprenant sa véritable apparence et en rendant ses traits originaux au garçon que la déesse reconnut immédiatement comme son propre fils.

« Ton fils a désormais un nom. Aucune geis n'a été transgressée, car c'est toi-même qui le lui as donné », ricana Gwyddyon.

L'oncle et le neveu sautèrent à terre et le coracle disparut à son tour.

« Ça ne se passera pas comme ça ! gronda la déesse. J'ai déjà dit que ce garçon ne porterait jamais les armes. Il ne pourra donc jamais se défendre s'il est attaqué. Je ne donne pas cher de sa vie. »

« Tu peux être aussi méchante que tu le veux, ma sœur, répliqua Gwyddyon. Mais je te jure que ton fils portera des armes et que tu les lui donneras toi-même ! »

« Jamais ! » hurla Arianrhod en leur tournant le dos pour rejoindre sa résidence.

Gwyddyon et Lleu à la Main sûre s'éloignèrent. Mais cette fois, ils ne retournèrent pas à Kaer Dathyl, car Gwyddyon redoutait que la déesse ne cherche à nuire à son fils. L'oncle construisit une forteresse où Lleu pourrait grandir en paix. Depuis ce temps, cet endroit porte le nom de Dinas Dinllev, c'est-à-dire la forteresse de Lleu.

– Hum ! Le ton sur lequel tu me racontes tout cela me laisse présager que Gwyddyon a joué un autre tour à Arianrhod, s'amusa Celtina.

– Effectivement, confirma Tifenn. Le frère et la sœur n'avaient pas fini d'en découdre. Lorsque Lleu eut l'âge de monter à cheval, le garçon fut très honteux de n'avoir ni monture ni armes et il en fit la remarque à son oncle.

« Ne sois pas triste, mon neveu, lui répondit Gwyddyon. Demain, je t'emmènerai sur une colline où paissent de splendides chevaux. Tu n'auras qu'à choisir celui qui te plaît. »

Dès le lever du jour, Gwyddyon tint parole. Lleu sélectionna un très bel animal à la robe gris pommelé et les deux compagnons se mirent en route vers la résidence d'Arianrhod. Lleu venait d'avoir douze ans. Lorsqu'ils parvinrent devant la forteresse de la déesse, encore une fois, Gwyddyon métamorphosa leurs traits pour que personne ne puisse les reconnaître. Ils avaient maintenant l'apparence de deux bardes. Le portier de la forteresse les laissa franchir la palissade, comme l'exigeaient les lois de l'hospitalité envers les poètes.

Arianrhod fit un excellent accueil aux conteurs, leur servant les mets les plus délicats et les meilleures boissons. En échange, Gwyddyon raconta ses plus belles histoires et la soirée fut très agréable. Puis, tout le monde alla se coucher.

Au premier rayon du jour, Gwyddyon usa encore de magie. Il fit résonner des bruits de rassemblement d'hommes armés et de chevaux de combat, des sonneries de cors répondant à des cris dans la campagne.

En entendant ce tintamarre, Arianrhod se précipita vers l'endroit où les deux bardes se reposaient.

Lleu lui ouvrit et elle entra dans la pièce en se montrant très agitée.

« Mes amis, nous sommes dans une mauvaise posture ! » fit-elle.

« J'ai cru entendre des bruits d'armes et des cris, répondit Gwyddyon en faisant semblant d'être à peine réveillé. Que se passe-t-il ? »

« Ah, il se passe des choses étranges. On ne voit même plus la mer tellement elle est recouverte de bateaux de guerre naviguant coque contre coque… Et partout dans la campagne résonne le bruit d'une grande armée en marche. Je ne sais plus quoi faire… »

« Je crois qu'il est plus prudent de bien fermer toutes les portes de la forteresse et de la défendre ardemment. Et que tous les hommes en âge de se battre revêtent leur armure. Toutefois, comme tu le vois, nous ne pourrons t'aider, car nous ne possédons pas d'armes… » fit Gwyddyon.

Arianrhod sortit, puis revint quelques minutes plus tard, escortée de deux jeunes filles qui portaient chacune un équipement militaire complet. Gwyddyon s'empara de l'un d'eux et commença à l'enfiler, tout en disant :

« Dame Arianrhod, peux-tu aider le garçon qui m'accompagne à revêtir son équipement ? Ces deux jeunes filles m'aideront à enfiler le mien. »

« Volontiers, mon bon ami », accepta la déesse.

Et de son plein gré, elle se chargea d'armer le jeune garçon qu'elle n'avait pas reconnu.

« Sommes-nous tous deux bien équipés ? Avons-nous toutes nos armes ? » demanda Gwyddyon.

Arianrhod entreprit d'inspecter l'équipement des deux hommes et acquiesça.

« Il ne vous manque rien ! »

« C'est bien ! répondit Gwyddyon. Maintenant, que les jeunes filles nous aident à retirer cet attirail dont nous n'avons pas besoin ! »

« Quoi ? Mais tu es fou ! Ne vois-tu pas les soldats qui débarquent des navires sur la plage, devant la palissade de ma forteresse ? J'ai besoin de tous les hommes valides pour les arrêter. »

« Il n'y a aucune flotte sur la mer… aucun soldat sur la plage », répliqua Gwyddyon.

« Mais cette armée ? »

« Il n'y a aucune armée ! se moqua Gwyddyon en reprenant ses traits. J'en ai simplement créé l'illusion pour rompre la geis que tu as imposée à ton fils. Il a enfin reçu ses armes de ta propre main. »

« Tu es mauvais, mon frère, s'emporta la déesse. À cause de toi, il se peut que de jeunes hommes perdent la vie dans le rassemblement militaire que tu as provoqué dans mon comté. Je le jure, jamais ce garçon ne trouvera d'épouse dans la race qui peuple cette terre en ce moment, ni parmi les divinités, pas plus que parmi les bansidhe. »

– La déesse est vraiment rancunière, soupira Celtina. Que s'est-il passé ensuite ?

– Rien, soupira Tifenn. Lleu est jeune et il ne songe guère encore à se marier. Mais, lorsque le moment viendra, le pauvre garçon sera condamné à vivre seul. La dernière geis d'Arianrhod est impossible à déjouer. Il ne peut épouser ni une mortelle, ni une déesse, ni une bansidh…

Celtina reporta son regard vers les statues de bois des Trois Déesses. La représentation de l'enfant qui reposait sur les genoux de Tailtiu semblait lui sourire.

Oui, tu es le fils d'une vierge et ton destin sera grand, songea la prêtresse. *Tu n'as pas dit ton dernier mot, je le pressens! Je suis même certaine que nos routes se croiseront, Lleu à la Main sûre.*

– Viens, Celtina. Rentrons maintenant. Tu es encore faible et tu ne dois pas abuser de tes forces. Et puis, Ossian et Malaen doivent te chercher partout, ne les laissons pas s'inquiéter plus longtemps.

Celtina sourit, se retourna une fois encore vers les statues, puis suivit son amie dans la maison des prêtresses.

CHAPITRE 12

Pendant ce temps, dans le nord de la Gaule, la guerre se poursuivait également entre Gaulois et Romains. Ainsi, après s'être repliés sur leur territoire, les Trévires, menés par leur roi rebelle Indutionmare, envoyèrent de nombreux messagers dans toutes les nations germaines afin de les soulever de nouveau. Mais les Germains refusèrent. Par deux fois, ils avaient franchi le Renus et par deux fois, ils avaient été obligés de fuir ; ils ne voulaient plus tenter l'aventure.

Vexé, Indutionmare s'entêta néanmoins à rassembler ses troupes, à les entraîner, à acheter des chevaux à ses voisins et à attirer les exilés et les fuyards de toute la Gaule. Sa renommée était grande, et beaucoup de combattants vinrent se placer sous ses ordres. Il apprit que chez les Carnutes, et les Sénons aussi, la colère ne s'était pas apaisée. Que les Atuatuques et les Nerviens n'avaient renoncé que momentanément à prendre les armes. Bref, un rien pouvait relancer les hostilités.

Selon l'usage des Gaulois, Indutionmare convoqua donc une assemblée guerrière. Tous ceux qui avaient l'âge d'homme devaient s'y présenter en armes... et le dernier arrivé serait mis à mort.

– Cingétorix semble vouloir rester fidèle à César ! cria-t-il sous les huées que la foule des Trévires adressait à son gendre qui avait eu le malheur d'arriver le dernier, avec sa troupe, à la réunion. Je le déclare ennemi de notre nation.

Les cris et les hurlements redoublèrent. Malgré les guerriers qui l'accompagnaient et qui tentèrent de le protéger, Cingétorix fut cerné et maîtrisé.

– Je déclare que ses biens seront dispersés entre les plus vaillants d'entre vous, chers guerriers trévires, qui me suivrez de l'autre côté du Renus. Laisserons-nous nos frères Sénons et Carnutes nous appeler en vain ?... Laisserons-nous Acco et les chefs carnutes se couvrir de gloire pendant que nous nous tiendrons à l'écart ?...

De nouvelles clameurs enflammèrent les troupes rassemblées dans l'oppidum.

– Nous passerons par le territoire des Rèmes, ces traîtres qui tremblent en se cachant dans les jupes des Romains, nous le ravagerons et le pillerons. Vous aurez chacun votre part du butin, puis nous attaquerons Labienus...

D'autres hurlements saluèrent ce discours passionné d'Indutionmare. Les Trévires brûlaient d'impatience de se couvrir de gloire et surtout de s'emparer des biens de leurs ennemis.

La harangue ne tarda pas à parvenir aux oreilles de Labienus par le biais des fidèles de Cingétorix qui avaient échappé aux tortures des Trévires. Le Romain ne broncha pas ; il se moqua même des prétentions d'Indutionmare.

– Nous ne craignons rien ! Nous occupons une belle position fortifiée, dit-il à ses légionnaires lorsque les premiers cavaliers trévires commencèrent à tourner autour du camp romain.

Pendant plusieurs jours, la cavalerie belge virevolta autour du camp. Le but premier était de reconnaître le terrain et de se faire une idée de la position des Romains, mais également de les effrayer en se montrant en grand nombre. Souvent, les cavaliers lançaient des javelots par-dessus les palissades, comme des aiguillons destinés à taquiner la patience des légionnaires. Mais Titus Labienus retint ses troupes. Il avait un plan.

Une nuit, profitant du fait que les Trévires lui accordaient un répit, le légat de César fit entrer en douce des centaines de cavaliers rèmes en provenance des oppida voisins. Il veilla à ce que personne ne sorte du camp pour éviter qu'Indutionmare ait vent de ce renfort.

Au lever du soleil, comme chaque jour, le roi des Trévires lança sa cavalerie autour du camp, provoquant les Romains par des traits de flèches et des injures. Mais Labienus ne réagit pas. Le soir venu, fatigués par leur démonstration de force, les Trévires se retirèrent. Alors, Labienus fit sortir toute sa cavalerie en ordonnant :

– Dès que les Trévires prendront la fuite en vous découvrant, faites en sorte de vous concentrer sur Indutionmare. Que personne d'autre ne soit ni blessé ni tué tant que leur roi ne sera pas mis à mort. Ceux qui le tueront recevront de fortes récompenses. Ne perdez pas votre temps à courir après les autres chefs.

Les Romains et leurs alliés suivirent à la lettre le plan du légat. Ils s'efforcèrent de séparer Indutionmare de ses troupes, puis, quand il fut évident que le roi était seul et sans soutien, ils se jetèrent derrière lui, le forçant à se diriger vers une profonde rivière. Le Trévire ne pouvait plus reculer et tenta de faire face à la multitude qui déferlait sur lui. Le combat, bien trop inégal, ne dura guère. Les Romains le percèrent de coups de lance et de glaive et lui coupèrent la tête ; elle fut rapidement ramenée vers le camp. En chemin, les cohortes attaquèrent et décimèrent les Trévires.

Dès le lendemain, lorsque la nouvelle de la mort d'Indutionmare fut connue, quelques rebelles éburons et nerviens se retirèrent sans demander leur reste. Chez les Trévires, des proches du roi tué furent aussitôt investis du pouvoir et ils ne tardèrent pas à réclamer de l'aide aux tribus voisines, surtout parmi les Germains.

De son côté, le roi éburon Ambiorix*, qui était en fuite, venait de trouver refuge chez les Trévires. La déesse Arduinna, qui veillait sur la profonde forêt Ar Duen, lui avait offert des abris impossibles à dénicher, tant et si bien que les Romains n'avaient pu le capturer. Avec quelques-uns de ses plus fidèles combattants, Ambiorix avait décidé de mener une guerre d'usure, lançant des raids contre les légions, se joignant tantôt aux Trévires, tantôt à d'autres nations, demeurant toujours insaisissable.

Toutes ces petites escarmouches renforcèrent le pressentiment de César. Il se préparait une révolte d'envergure en Gaule et il ne voulait pas être pris au dépourvu. Il convoqua trois de ses lieutenants, Marcus Silanus, Caïus Antitius Reginus et Titus Sextus.

– Il faut lever de nouvelles troupes… Je vous charge de convaincre nos alliés gaulois de nous fournir plus d'hommes.

Puis, il s'adressa à son secrétaire :

– Hirtius. Écris ! Le message est pour le proconsul Cneius Pompée, à Rome. J'ai besoin qu'il m'envoie les recrues du nord de l'Italie dans les plus brefs délais. Il est très important que les Gaulois constatent que je peux disposer de troupes fraîches et aussi nombreuses que je le désire en peu de temps.

En quelques semaines seulement, les ordres de César furent exécutés. Trois nouvelles légions furent formées et vinrent le rejoindre dans le nord de la Gaule. Il remplaça les cohortes perdues par Quintus Titurius* en les doublant. La discipline et les ressources romaines étaient impressionnantes.

L'archidruide Maponos, bien caché dans les forêts profondes des Carnutes, était tenu au courant jour après jour des actions des uns et des autres. Les renforts que César avait appelés ne lui disaient rien de bon. Il craignait que les Romains ne précipitent la guerre alors que lui-même n'était pas encore prêt à déclencher la rébellion totale de la Gaule. Mais certains rois et chefs de guerre étaient pressés. Acco, roi des Sénons, ne tenait plus en place et recommença à comploter avec les Parisii. Toutefois, avant même d'avoir pu rassembler ses guerriers, Acco dut renoncer à se battre. Des chefs de guerre sénons envoyèrent à César des ambassadeurs chargés de demander son pardon. Le général accepta les excuses, mais il fit garder les Sénons à l'œil. Sa priorité demeurait de capturer Ambiorix qui lui avait infligé une des pires défaites jamais subies, ce qu'il ne lui pardonnerait jamais.

– Si les Sénons ne se tiennent pas tranquilles jusqu'à mon signal, les choses risquent de mal tourner pour nous, confia Maponos à Iorcos, qui était sans aucun doute son meilleur élève.

Depuis qu'Arzhel avait été emmené à Ériu par Macha la noire, Maponos s'était en effet beaucoup rapproché du jeune druide andécave qui était, en quelque sorte, devenu son bras droit. Maponos lui avait confié la formation des adolescents qui, pour échapper à la guerre, lui étaient envoyés par leurs parents pour suivre une formation druidique. Même si les druides étaient de plus en plus mal vus par les envahisseurs romains, pour beaucoup de Gaulois, notamment parmi les peuples en révolte, la préservation de la culture et des coutumes ancestrales primait sur la rébellion armée. Et Maponos s'en réjouissait. Il ne cessait de répéter à Iorcos :

— Tant qu'il restera un seul druide apte à propager le savoir magique et les connaissances des druides, alors nos sciences millénaires survivront. Formons le plus de jeunes esprits possible, et recrutons le plus d'adeptes que nous pourrons, en protégeant bien entendu le secret de l'existence de Monroval.

Cependant, Iorcos s'interrogeait. Leur refuge de Monroval n'était-il pas en péril depuis qu'Arzhel avait mystérieusement quitté la clairière ? Le jeune Andécave s'était posé beaucoup de questions sur le départ de son ami, mais il n'avait pas osé interroger l'archidruide. Assurément, Maponos devait en savoir beaucoup sur l'absence d'Arzhel, mais il ne lui avait rien dit à ce sujet, et Petit Chevreuil avait fini par croire que le Sanglier royal avait confié une mission secrète et importante à son ancien condisciple.

Iorcos était en train d'expliquer à trois nouveaux venus les règles qui régissaient le comportement des plus jeunes apprentis druides envers leurs aînés lorsque Maponos vint l'interrompre en plein cours.

– Suis-moi ! l'enjoignit-il d'une voix ferme.

Iorcos sursauta et se demanda aussitôt quelle erreur il avait pu commettre pour être ainsi interpellé devant tous. Il quitta son groupe et, le front barré d'un pli soucieux, il s'enfonça dans la forêt à la suite de l'archidruide.

Le Sanglier royal marchait vite et Petit Chevreuil dut accélérer le pas pour ne pas se laisser distancer. Finalement, il vit son maître s'arrêter au pied d'un vieux chêne, un endroit que Maponos appréciait particulièrement et où il avait l'habitude de venir réfléchir ou rendre la justice lorsqu'il devait intervenir dans un conflit opposant des apprentis.

– Je suis très inquiet, lança Maponos en invitant, d'un geste de la main, Iorcos à s'asseoir près de lui.

– Quel est l'objet de ton inquiétude, maître ? s'émut Iorcos. Ai-je manqué à un de mes devoirs ? Ai-je trahi ta confiance ?

– Non, non, rassure-toi, fit l'archidruide, étonné de constater que son élève le plus doué était ainsi sur la défensive. Tu n'as rien à te reprocher. Je suis inquiet pour Maélys le doux.

– Maélys le doux ! s'exclama Iorcos. Ça doit bien faire deux bleidos, si ce n'est plus, que je n'ai pas entendu parler de lui.

– Effectivement, confirma Maponos. Depuis que vous avez quitté Mona, Maélys le doux est resté parmi les siens, sans chercher à nous rejoindre ni à entreprendre quelque action que ce soit pour réunir les vers d'or confiés par Maève ou pour contacter l'Élue.

– C'est un Sénon, si je ne me trompe pas ! reprit Iorcos. Il est né à Agedincon.

– Oui, tu as raison. Et tu vas te rendre auprès de lui, car le roi Acco a attiré l'attention de César sur sa tribu. Le vers d'or que détient Maélys le doux n'est plus en sûreté à Agedincon. Tu dois ramener ce garçon ici ou, s'il ne veut pas te suivre, le convaincre de te confier son secret.

– Bien. Je ferai de mon mieux, répondit Iorcos, car le ton de Maponos lui avait clairement fait comprendre l'urgence de la situation. Je rassemble quelques affaires et je pars sur-le-champ !

Agedincon était une importante bourgade construite sur les bords de l'Isicauna, en territoire sénon. Une partie du village était située sur une petite île au milieu des eaux de la Rivière Sacrée, tandis que le reste s'étendait sur une rive densément boisée.

Après deux jours de marche depuis Monroval dans la forêt des Carnutes, Iorcos arriva enfin en vue de l'oppidum des Anciens*. La température était fraîche en cette fin d'été, et il vit de la fumée s'échapper des toits de plusieurs maisons de torchis et de paille. Cela lui réjouit le cœur, car il était épuisé. Il avait marché sans prendre plus d'une heure ou deux de repos de suite entre le lever et le coucher du soleil. Les druides étaient habitués à ces longs déplacements, mais depuis qu'Iorcos avait rejoint Maponos à l'école druidique de Monroval, il n'avait pas eu l'occasion de parcourir un si long trajet. Maintenant, il avait besoin de s'étendre auprès d'un bon feu en dégustant une soupe chaude. Cette perspective alléchante lui fit accélérer le pas un peu plus.

La palissade était ouverte et non gardée. Sur le coup, il trouva la situation pour le moins étrange. Il n'était pas dans les habitudes des Celtes de laisser leurs villages ouverts à n'importe qui, surtout en ces temps troublés. Iorcos avança prudemment en examinant attentivement les alentours. Mais il ne vit rien de suspect. Aucune trace de lutte ni d'incendie. L'oppidum était très calme, les animaux, oies, poules, cochons se promenaient en liberté sous l'œil attentif de quelques chiens domestiques. Il entendit des chevaux renâcler dans leur enclos.

En réalité, le village était trop calme. C'était ça qui n'allait pas. Aucun bruit en provenance de la forge, pas d'enfants espiègles qui criaient et couraient partout, aucune mère grondant sa progéniture, aucun homme à l'épiderme chatouilleux en train d'enguirlander son voisin… Rien. Aucun habitant en vue. Comme si toute la population s'était volatilisée d'un coup, sans rien emporter.

Iorcos poussa la porte d'une première maison. Personne à l'intérieur. Mais le feu était allumé dans l'âtre, un chaudron était suspendu au-dessus des flammes dans lequel mijotaient à feu doux des légumes et un morceau de cochon. Il appela une fois ou deux, s'attendant à voir descendre de l'étage les propriétaires des lieux par une échelle qui menait au grenier. Mais il ne reçut aucune réponse. Il ressortit et se dirigea vers une seconde maison. Même situation. Tout était calme et soigneusement en ordre. Il courut de maison et maison et ne trouva pas âme qui vive. Il commençait à sentir la panique le gagner. Que s'était-il passé ? Quel était ce mystère ? Un mauvais sort avait-il frappé cet endroit ? Où étaient donc partis tous les Anciens ?

Il retournait vers la première masure pour y prendre un peu de nourriture lorsqu'il sentit une main ferme s'abattre sur son épaule gauche. Il sursauta, puis pivota… et se retrouva face à face avec un Romain.

– Qu'est-ce que tu fais là, toi ? l'interpella le légionnaire. Ne sais-tu pas que tout le monde doit se réunir au tertre ?

– Mais…, protesta mollement Iorcos, car il ne pouvait pas dire qui il était réellement.

– Dépêche-toi ! le coupa le soldat en lui donnant une bourrade dans le dos pour le faire avancer.

Ils se dirigèrent vers un petit détachement de dix hommes.

– C'est le dernier ! fit le soldat qui l'accompagnait à l'intention des autres.

– Alors, en route, ordonna le décurion responsable de la troupe.

Cheminant devant les soldats, Iorcos se demanda quelle voie emprunter. Il ne savait pas de quel tertre il était question. Il passa la palissade et hésita sur la direction à prendre, mais un légionnaire le remit vite sur le droit chemin en le poussant vers la droite. Iorcos avança sur le sentier qui serpentait à travers les bois. De temps en temps, à l'embranchement de deux sentiers, Petit Chevreuil hésitait, mais toujours un soldat le poussait soit vers la droite, soit vers la gauche, soit tout droit. Finalement, il comprit qu'il devait suivre la rivière en remontant vers le nord. Pendant une bonne heure de marche, Iorcos ne cessa de s'interroger. Où le menait-on ? Que s'était-il passé avec les Sénons ? Il n'osait questionner les soldats qui se seraient vite rendu compte qu'il n'était pas de la région.

Finalement, ils parvinrent dans une clairière où se dressait une imposante allée couverte*. Plusieurs centaines d'habitants d'Agedincon étaient rassemblés sur les lieux en une masse compacte et bruyante. Une centurie de Romains les encadraient étroitement.

Iorcos n'en croyait pas ses yeux. Que faisaient-ils tous là ? Le décurion le poussa au milieu d'un groupe de Sénons. Les hommes le dévisagèrent. Il leur sourit, puis, jouant des coudes, il se hâta de se faufiler au premier rang. Il voulait comprendre ce qui se passait.

Un centurion romain était juché sur les trois dalles servant de toiture au dolmen, qui reposaient elles-mêmes sur quatre pierres levées de chaque côté. Iorcos vit que le fond était fermé par une très grosse roche plate. C'était un monument mégalithique très imposant.

— Sénons, déclara l'orateur romain. Votre rébellion a grandement indisposé César. Il a convoqué une Assemblée des Gaules à Durocorter. Vous servirez d'otages jusqu'à ce que vos chefs nous soient livrés.

— Durocorter ? C'est où ? murmura un jeune Sénon d'une dizaine d'années.

— Chez les Rèmes, lui souffla Iorcos. C'est assez loin… Il y en a pour au moins deux journées de marche.

Le garçon ouvrit des yeux écarquillés. Il ne s'était jamais autant éloigné de son village. C'était une aventure à laquelle un jeune de son âge ne pouvait résister. Alors, même s'il se savait prisonnier, l'enfant laissa échapper quelques cris de joie.

— Dis-moi, connais-tu un apprenti druide du nom de Maélys ? l'interrogea Iorcos, amenant un air suspicieux sur le visage du garçon.

Méfiant, l'enfant le dévisagea un instant, tout en s'attardant sur ses vêtements, la peau de chevreuil et les bois qu'il portait.

– Tout le monde connaît Maélys, répliqua-t-il enfin. Pourquoi tu me le demandes ? Tu n'es pas un Sénon.

– Chut ! fit Iorcos en posant un doigt sur ses lèvres. Non, je suis un Andécave, un ami de Maélys le doux. Je dois absolument lui parler. Sais-tu où il se trouve ?

Le garçon fit un signe de la tête en direction des bois.

– Il a été emmené parmi les premiers par les Romains avec d'autres habitants du village…

– Ça fait longtemps ? s'inquiéta Petit Chevreuil qui sentit aussitôt son estomac se nouer.

– Tout juste après le lever du soleil…, répondit l'enfant.

– Où les Romains les ont-ils emmenés ?

– T'as entendu comme moi. À Durocorter !

Iorcos esquissa une grimace. Voilà qui n'arrangeait pas ses affaires. Il devait absolument rejoindre Maélys le doux et le ramener à Monroval. Mais comment faire ? Les otages étaient étroitement surveillés par les Romains.

– Rassemblement ! hurla la voix sèche du centurion.

Un mouvement agita les rangs des Sénons tandis que les légionnaires les forçaient à se mettre en rang par quatre. Iorcos et l'enfant furent séparés. Petit Chevreuil le vit néanmoins se glisser entre deux adultes, un homme et une femme, vraisemblablement ses parents.

Les guerriers et les hommes qui semblaient les plus forts, et donc les plus susceptibles de se révolter, furent enchaînés les uns aux autres, ce qui ralentirait considérablement la marche. Iorcos était attaché à deux gros costauds, un laboureur et un potier. Puis, le centurion lança l'ordre d'avancer et les centaines d'otages se mirent en route lentement, tête basse. Petit Chevreuil calcula qu'il leur faudrait trois jours à petite vitesse pour rejoindre la capitale des Rèmes.

CHAPITRE 13

Durocorter, la Forteresse ronde, était construite sur une petite montagne s'élevant à peine au-dessus d'une longue plaine crayeuse*, sur les deux rives de la Vidula, la Rivière de la Forêt. L'oppidum était bordé de chênes, de frênes, de grands pins noirs, de hêtres et de charmes. Dans les bois pullulaient des sangliers, des cerfs, des chevreuils, des fouines, des martres, des hermines, des renards, des blaireaux et même des chats sauvages, ce qui assurait la fortune des Rèmes, dont le nom signifiait « les Premiers ». Durocorter était aussi un important centre politique, religieux et commercial, et, ce qui n'était pas négligeable pour assurer la prospérité de cette nation, une fidèle alliée de Rome.

Le site des Rèmes était immense et composé de plusieurs centaines d'habitations en bois équarri, aux toits de chaume et aux murs de torchis blanchis à la chaux. La cité était organisée autour d'un tertre qui abritait la tombe de l'ancêtre fondateur de la communauté. Trois quartiers s'étendaient à droite du monticule : celui des éleveurs et celui des paysans ; les artisans s'étaient regroupés au sud afin de protéger le village du feu de leurs fours que les vents dominants pourraient souffler vers les habitations. À gauche se trouvaient le cimetière et l'autel des druides, mais aussi un tout nouveau temple où certains Rèmes avaient commencé à honorer des dieux romains.

Les otages furent rapidement dirigés vers des enclos où il serait plus aisé de les surveiller. Iorcos remarqua aussitôt que les prés contenaient déjà plusieurs centaines de personnes, mais pas des milliers comme il l'appréhendait. Il fut soulagé. Ainsi, la plupart des Sénons d'Agedincon et des oppida alentour avaient échappé à la rafle* romaine. Peut-être Maélys n'avait-il pas été pris. Il demanda à ses plus proches compagnons de captivité s'ils avaient entendu parler du jeune apprenti. Le non qu'on lui retourna renforça ses espérances.

Malheureusement, son soulagement fut brusquement anéanti par une terrible nouvelle qui se propagea dans le camp à la vitesse d'un incendie : le roi Acco s'était rendu la veille dans le but évident d'éviter les pires tourments à son peuple. Depuis, il pourrissait dans une cage de bois au centre de Durocorter, où les Rèmes et les Romains ne cessaient de le tourmenter en l'insultant, en se moquant de lui, mais aussi en lui jetant au visage des trognons de pomme, des épluchures de toutes sortes et même des excréments d'animaux et d'humains. Quelle humiliation pour un si grand chef de guerre !

Petit Chevreuil était abasourdi. Si Acco était prisonnier, il y avait de bonnes raisons de présumer que les druides qui l'accompagnaient en tous lieux l'étaient aussi, et Maélys le doux devait être au nombre des captifs.

Le cœur battant, Iorcos entreprit d'inspecter minutieusement le camp où il était retenu. Jouant des coudes, bousculant et poussant sans ménagement ceux qui l'empêchaient de se déplacer, il parcourut les rangs des prisonniers, dévisageant chaque adolescent d'environ seize ans qu'il croisait. Après des heures d'angoisse et de recherches, deux Sénons lui fournirent enfin une piste. Au centre de l'enclos, protégé par la multitude des prisonniers, un groupe d'hommes s'était réuni à l'abri des regards et des oreilles romaines. Ce regroupement était composé de druides et de quelques guerriers. Ils discutaient de leurs chances de fuite et de la façon dont ils pourraient secourir Acco. Iorcos s'approcha. Aussitôt, les discussions s'interrompirent. Tous les visages se tournèrent vers lui. Petit Chevreuil ne reconnut personne.

— Je cherche Maélys le doux, lança-t-il à la ronde. Quelqu'un sait-il s'il a été capturé ?

Les hommes firent non de la tête ; Iorcos tournait déjà les talons pour chercher ailleurs lorsqu'un guerrier le rappela.

– Maélys le doux est par là !

Le guerrier désignait les rangs arrière des prisonniers. Iorcos ne prit pas le temps de remercier l'homme ; il fonça à travers les captifs vers l'endroit indiqué, sans se soucier des cris et récriminations des gens qu'il bousculait dans sa hâte.

Petit Chevreuil aperçut enfin la fine silhouette de l'adolescent qu'il cherchait. Un soupir de soulagement souleva sa poitrine. Il se précipita vers lui et l'enserra de ses bras. Maélys se débattit avec énergie, n'ayant pas eu le temps de reconnaître celui qui s'était jeté sur lui.

– C'est moi, Iorcos l'Andécave, finit par dire Petit Chevreuil en desserrant son étreinte.

Maélys recula d'un pas, dévisagea son vis-à-vis, puis sourit.

– Que fais-tu donc là ? s'exclama l'apprenti druide sénon.

– Et toi ? rétorqua Petit Chevreuil.

– Acco s'est rendu hier… et il a promis cent otages à César en échange de la vie pour les Sénons. Je suis l'un de ces garants*.

– C'est impossible. Tu ne peux pas rester ici, répondit Iorcos. Tu dois t'enfuir. Je vais essayer de t'emmener à Monroval, auprès de l'archidruide Maponos.

– Maponos…, fit Maélys avec respect. Ainsi, c'est donc vrai. Il est libre…

– Non seulement il est libre, mais il a ouvert une école druidique dans la forêt des Carnutes. C'est de là que je viens, et c'est là où tu iras aussi ! insista Petit Chevreuil.

– C'est impossible ! soupira Maélys. Je suis un otage, je ne peux pas fuir et déshonorer la parole d'Acco, et ainsi ternir ma propre réputation. Je ne suis pas un lâche.

Iorcos comprenait parfaitement le raisonnement de Maélys, mais il devait tenir compte d'autres considérations, plus importantes encore que la fierté.

– Le vers d'or est plus important que ton honneur, Maélys. Tu dois sauver ta vie et la partie du secret que tu détiens… Tu dois me suivre à Monroval.

Maélys secoua la tête ; il n'était pas convaincu par les propos de Petit Chevreuil.

– Je ne risque rien ici… je suis un otage, s'entêta-t-il.

Iorcos était découragé. *Comment faire entendre raison à cette tête de mule ?* se demanda-t-il en cherchant des arguments pour faire pencher la balance en sa faveur.

Brusquement, un grondement, des cris, des hurlements agitèrent la foule des prisonniers. Iorcos et Maélys tentèrent de comprendre ce qui se passait.

– Acco… Les Romains viennent de condamner Acco à mort! lança un artisan furieux.

– Ce n'est pas possible! se récria Maélys. César a accepté sa soumission hier. Il a eu les cent otages qu'il a demandés…

– Les Romains n'ont pas d'honneur! répliqua l'artisan avant qu'un mouvement de foule ne l'emporte plus loin.

Iorcos attrapa la main de Maélys et entraîna son ami qui, anéanti par les propos qu'il venait d'entendre, le suivit comme une âme errante. Ils se dirigèrent vers les hautes palissades de bois qui délimitaient leur enclos. De là, ils auraient une vue sur la cage dans laquelle Acco était enfermé.

Ils arrivèrent à la palissade en même temps que le groupe de druides et de guerriers qu'Iorcos avait interrogés plus tôt.

– Ils font aussi partie des otages, déclara Maélys en désignant les hommes d'un signe de tête.

D'autres hurlements montèrent des gorges des Sénons rassemblés dans le pré. Tous les visages étaient déformés par la haine et la douleur. Ils regardaient tous dans la même direction. Iorcos et Maélys tournèrent les yeux vers l'endroit où Acco était retenu. Leurs yeux horrifiés virent des Romains extirper sans ménagement le roi sénon de sa cage de bois. Ils lui lièrent les poignets avec d'épaisses cordes, puis le traînèrent dans la boue et la poussière vers une potence* que d'autres Romains venaient de dresser.

Digne et calme, Acco dévisageait ses agresseurs sans prononcer un mot, sans émettre un gémissement. Les Romains pendirent Acco par les bras au sommet de la potence, ses pieds ne touchant plus le sol. Les prisonniers virent leur roi grimacer de douleur, mais garder obstinément les lèvres closes pour retenir toute plainte.

Ce fut alors que d'autres Romains, munis de verges de bois flexibles, commencèrent leur terrible besogne. Ils battirent le corps supplicié du roi jusqu'à ce que ce dernier sombre dans le coma.

Dans l'enclos, la fureur était à son comble. Les Sénons se précipitèrent sur les palissades. Celles-ci ne tardèrent pas à s'écrouler sous leur nombre et leur colère. Les Anciens se jetèrent sur les Romains chargés de leur surveillance. Mais que pouvaient-ils faire à mains nues ? Plusieurs hommes, femmes et enfants tombèrent rapidement sous les coups de glaive des légionnaires. Ceux qui réussirent à les éviter s'élancèrent vers la potence, mais des guerriers rèmes les rattrapèrent et tuèrent sans ménagement les téméraires qui osaient s'approcher trop près du lieu du supplice.

Iorcos était figé de stupeur, incapable de réagir devant ce déchaînement de violence. Il s'aperçut soudain que Maélys n'était plus à ses côtés. Fouillant la foule des yeux, il vit son ami être emporté vers la potence par un mouvement de foule. Il cria, hurla, distribua des coups de poing et de pied à droite et à gauche, mais en vain. L'apprenti druide sénon ne pouvait résister à la vague humaine qui le propulsait vers l'avant. Avec horreur, Iorcos vit une demi-douzaine de Romains se précipiter sur son ami. Il hurla. En vain. Au désespoir de Petit Chevreuil, Maélys le doux fut traîné brutalement avec quatre autres prisonniers devant la potence.

Brusquement, un Romain brandissant un poignard trancha les liens d'Acco. Le corps supplicié et désarticulé du roi sénon s'écroula sur le sol. Maélys voulut se précipiter vers le cadavre, mais il fut ceinturé. Un deuxième Romain abattit brusquement sa hache sur le cou d'Acco, le décapitant d'un seul et unique coup. La stupeur fut si grande qu'un épais silence tomba sur l'oppidum. Puis la haine fit place à l'ébahissement. Ce fut un déferlement de cris. Iorcos aperçut Maélys qui s'était hissé sur un chariot et semblait le chercher du regard. Il tendit la main dans les airs pour essayer de se faire voir, puis entreprit de se rapprocher de son ami. Il lui fallut plusieurs minutes pour être enfin à portée de voix du jeune Sénon, que deux Romains essayaient de faire chuter de son perchoir. Maélys résista le plus longtemps possible, puis, voyant qu'Iorcos pouvait désormais l'entendre, il hurla :

– En créant chaque chose, Dagda a trois buts : accroître le Bien, affaiblir le Mal, et justifier la différence qu'il y a entre chaque chose pour que chacun puisse faire un choix.

Iorcos se figea. Si ces mots semblèrent incohérents aux légionnaires qui s'acharnaient à faire tomber Maélys, pour Petit Chevreuil ils avaient une importante signification. C'était le vers d'or que Maève avait confié à l'apprenti sénon avant la fuite de Mona.

Iorcos continuait à fixer l'endroit d'où Maélys lui avait lancé la phrase secrète. Il ne prit pas garde à un Romain qui venait de surgir dans son dos et qui lui asséna un coup de glaive. Heureusement, bousculé par la foule, le Romain n'avait pu ajuster son coup. La lame entailla faiblement l'épaule d'Iorcos, ce qui eut au moins le mérite de tirer ce dernier de sa torpeur. Il hurla de douleur. Mais déjà le Romain revenait à la charge.

Vacillant sur son chariot, Maélys avait assisté à toute la scène. Il retira rapidement sa bague, regarda une dernière fois la pierre de lune, symbole d'imagination, qui l'ornait, puis, ajustant son tir, il lança le bijou dans la foule en direction d'Iorcos. Le légionnaire qui s'apprêtait à ceinturer Petit Chevreuil avisa le geste de Maélys, et son œil fut attiré par un éclat brillant du soleil se reflétant sur l'anneau d'or. Il regarda l'objet tomber à ses pieds et il se pencha pour le ramasser. Iorcos en profita pour lui décrocher un coup de pied au visage… Le Romain tomba la face dans la poussière.

– De l'or… de l'or! hurla Iorcos pour attirer l'attention sur le bijou.

Attirés par l'appât du gain, plusieurs Romains et Rèmes se précipitèrent vers lui. La bague fut rapidement découverte, ce qui déclencha une bataille pour sa possession.

Profitant de la mêlée ainsi provoquée, Iorcos se jeta à plat ventre en serrant les dents, car son entaille à l'épaule commençait à être douloureuse. Il rampa tant bien que mal entre les jambes des Romains, des Rèmes et des Sénons en direction de l'endroit où se tenait Maélys quelques instants plus tôt.

Lorsqu'il osa enfin jeter un regard vers le chariot, il eut un hoquet de surprise et de douleur. Maélys et les quatre Sénons emmenés plus tôt par les Romains gisaient maintenant dans une mare de sang, leurs corps transpercés par de nombreux coups de glaive et de javelot. Iorcos ne pouvait plus rien pour eux. Du revers de la main, il essuya rageusement une larme qui glissait sur sa joue maculée de boue. Puis, poursuivant sa reptation, il s'éloigna le plus possible des lieux du crime.

Dans son esprit, il n'y avait aucun doute. Les morts d'Acco, de Maélys et de tant d'autres prisonniers étaient purement et simplement des meurtres. En trahissant sa parole et en suppliciant le roi des Sénons, Jules César avait commis un acte que les Gaulois ne lui pardonneraient jamais.

Iorcos se sentait maintenant investi d'une nouvelle mission : ramener à Monroval le récit de l'horreur qu'il avait vu commettre sous ses yeux pour que Maponos donne enfin l'ordre de l'insurrection générale de toutes les Gaules.

Redoublant de prudence, Petit Chevreuil s'éloigna du champ où les prisonniers sénons étaient désormais repoussés sans ménagement. Les palissades furent rapidement relevées par des centaines de Romains soutenus par tout autant de Rèmes. Dans sa fuite, il aperçut d'autres personnes qui avaient aussi réussi à s'éloigner du pré ; mais il n'avait aucun intérêt à se joindre aux fuyards. Il avait plus de chances de sortir de Durocorter s'il était seul. Il se cacha dans une habitation tandis que les Rèmes et les Romains se chargeaient de rattraper les fugitifs. La maison était vide.

Les occupants ont dû assister au spectacle du supplice d'Acco, songea-t-il avec la rage au cœur.

Il se hâta vers un gros panier d'osier où il mit la main sur une imposante miche de pain dont il avala la moitié à grosses bouchées. Il détacha une outre en peau de chèvre qui pendait à un crochet et y transvida le contenu d'un pichet de bière qui reposait sur la table.

Puis, il entrebâilla la porte pour vérifier si la voie était libre. Dans son dos, un bruit le fit se retourner vivement. Il découvrit, sur la dernière marche de l'escalier qui menait à l'étage, une jeune femme de son âge qui le dévisageait avec la peur au ventre. En deux enjambées, il fut auprès d'elle et il lui appliqua une main sur la bouche pour l'empêcher de crier et d'ameuter les légionnaires.

– Je ne te veux pas de mal, souffla-t-il à son oreille. Mais si tu tentes d'attirer l'attention, je serai obligé de te tordre le cou, tu comprends?

Elle hocha la tête en guise de soumission. Lentement, il retira sa main, la gardant à la portée du visage de la jeune femme, prêt à la bâillonner de nouveau au moindre bruit. Il remarqua qu'elle était très jolie; ses cheveux châtains noués en tresses mettaient en valeur un visage fin et doux. Son cou était orné d'un torque d'or délicat adroitement ciselé, et sa robe, d'un rouge tirant sur le violet, était ceinte à la taille d'une belle ceinture d'or et de bronze. Visiblement, il était entré dans la maison d'un chef ou d'un riche propriétaire terrien.

– Tu vas venir avec moi et m'aider à sortir de Durocorter, continua Iorcos. Lorsque je serai en sûreté, tu pourras rentrer chez toi.

Elle hocha encore la tête. Iorcos ouvrit la porte, mais la jeune fille le retint par un pan de sa tunique. Elle ramassa un carré de tissu jaune et brun qui traînait sur un trépied et le lui tendit. Petit Chevreuil comprit aussitôt. Il se drapa de la saie aux couleurs du clan rème de la jeune fille afin de dissimuler les taches de sang qui maculaient sa tunique. En effet, sa blessure suintait, mais il n'avait pas le temps pour le moment de la soigner.

Pour sa part, la jeune Rème attrapa une cape de laine suspendue à un crochet et la jeta sur ses épaules, puis elle ramassa un gros et lourd sac de cuir.

– Comment t'appelles-tu ? lui lança Iorcos par-dessus son épaule tout en se hasardant dehors.

– Cloutina, répondit-elle.

– Eh bien, on va voir si tu es aussi renommée que ton prénom le laisse entendre, fit-il en la tirant par la main pour l'emmener avec lui.

Cloutina le guida à travers les rues étroites de l'oppidum, se dirigeant sans hésiter vers le cimetière. À ceux qu'elle croisait, elle adressait un sourire, un mot gentil, sans s'arrêter pour engager la conversation ni présenter le garçon qui l'accompagnait. Iorcos lui en sut gré. Elle se comportait avec honnêteté envers lui.

Ils firent de nombreux détours pour éviter des regroupements de Romains, mais Cloutina savait exactement où passer pour éviter les mauvaises rencontres. Moins de vingt minutes après être sortis de la demeure de la jeune femme, ils arrivèrent dans le bois, à l'écart de Durocorter. À partir de là, Iorcos pouvait se débrouiller seul.

– Emmène-moi, lança la jeune femme au moment même où il l'enjoignait de retourner chez elle.

– Pardon ? s'exclama-t-il, interloqué.

– Je ne sais pas où tu vas, mais emmène-moi avec toi. Je ne peux plus rester dans cet oppidum rempli de Romains…

Iorcos fronça les sourcils, se demandant pourquoi elle voulait fuir l'endroit qui l'avait vue naître.

– Mon père est un noble, comme tu l'as probablement deviné… et il a promis de me marier à un légionnaire pour acquérir la citoyenneté romaine. C'est hors de question. Je ne peux pas accepter cette union. Je dois partir… loin, dans un endroit où il ne pourra me retrouver.

– Tu avais préparé ta fuite, s'avisa Iorcos en désignant la besace qu'elle traînait avec difficulté depuis leur départ.

Elle lui sourit.

– J'ai décidé de profiter du rassemblement pour m'enfuir. Tu m'as flanqué une sacrée frousse, par Hafgan, en entrant dans la maison au moment où je me préparais à m'en échapper. J'ai cru que c'était mon père ou, pire, le Romain à qui je suis destinée qui venait me chercher. J'ai failli mourir de peur. Maintenant que tu m'as enlevée, tu n'as plus le choix, tu dois m'emmener.

Iorcos trouva qu'elle exagérait un peu. Il ne l'avait pas enlevée, tout juste obligée par la menace à le secourir. Mais il n'eut pas le cœur de la renvoyer à Durocorter. Il ne pouvait se résoudre à la voir devenir romaine.

– Là où je vais, lui expliqua-t-il, tu n'auras plus les conditions de vie d'une noble. Il se pourrait même que tu sois obligée de devenir une servante pour gagner ta nourriture…

– Je m'en moque ! Je n'en peux plus de courber l'échine devant les Romains et de voir mon peuple se résigner à subir leur présence. Je peux être utile. Je sais me battre, monter à cheval, en plus de m'occuper des enfants et des animaux, de tenir une maison…

Iorcos hésitait encore. Emmener Cloutina à Monroval consistait-il à introduire un loup dans la bergerie ? C'était une Rème. Allait-elle profiter de l'occasion pour trahir le lieu d'où Maponos et les druides fomentaient les troubles qui agitaient la Gaule ?

Il la regarda. Elle était si belle et si douce. Elle lui semblait si innocente. *Peut-être m'accepterait-elle pour époux ?* se prit-il à rêver.

– C'est bon ! Ne traînons pas en route, fit-il en devançant Cloutina qui peinait en traînant le gros sac de cuir qui contenait tous ses biens.

À Durocorter, personne ne s'était encore aperçu de la disparition de la fille du noble et riche marchand d'ambre Vebrumaros. La mise à mort d'Acco occupait tous les esprits. Ce ne fut que lorsque le soir tomba que Vebrumaros et sa troisième épouse, qui n'était pas la mère de Cloutina, cherchèrent la jeune fille. Après avoir constaté la disparition de ses effets personnels, ils durent se rendre à l'évidence : elle s'était enfuie.

Après la réunion, les représentants des autres tribus gauloises étaient repartis dans leur région respective et, au dire de sa belle-mère, Cloutina avait pu suivre n'importe lequel d'entre eux. Comment savoir dans quelle direction elle s'était enfuie ? Elle finit par convaincre le marchand d'ambre que ce serait peine perdue de se lancer à sa recherche.

Quant au légionnaire romain à qui elle était destinée, Cloutina ne sut jamais qu'il avait été piétiné à mort par la horde de Sénons qui avait renversé la palissade au moment du supplice d'Acco.

Jules César, pour sa part, fier d'avoir imposé sa loi, décida le soir même de retourner passer l'hiver en Italie. Il laissait une dizaine de légions derrière lui chez les Rèmes et les Carnutes pour surveiller le centre de la Gaule, convaincu qu'il était d'avoir maté les chefs de la rébellion en faisant de la mort d'Acco un exemple pour les autres. Il ne se doutait pas qu'au contraire il n'avait fait qu'attiser le ressentiment des tribus celtes envers les Romains, et que la nouvelle des tortures infligées au vaillant roi sénon serait bientôt répandue à travers tout le pays par Iorcos et Cloutina.

CHAPITRE 14

Le cycle de l'année allait bientôt se terminer, et l'obscurité des jours apporterait le repos pour les paysans celtes. En cette saison, la tradition voulait que l'on arpente les champs et la forêt à la recherche de graines, des dernières cosses de pois, de haricots, de fèves qui avaient échappé à la récolte, de pommes de pin et de plantes fanées et séchées qui serviraient à décorer la maison pour Samhain. L'Alban Elfed, la Lumière de l'Eau, caractérisé par une durée de nuit plus longue que celle du jour, annonçait le début des temps froids et tranquilles de l'hiver, même si, dans la Narbonnaise, les temps chauds s'étiraient généralement beaucoup plus longtemps que dans le reste de la Gaule.

Celtina était encore faible et se remettait tranquillement de sa terrible insolation, sous la garde attentive de Tifenn.

Melaine et quelques femmes de la forteresse de Ra s'en étaient allés à la recherche des derniers fruits sauvages de la saison. Le dieu-saunier avait aussi promis de rapporter une bonne provision de sel que les prêtresses pourraient utiliser pour la conservation de leurs aliments ou, éventuellement, dans leurs échanges commerciaux pendant la saison morte.

Le dieu-saunier dirigea donc tout naturellement ses pas vers les Eaux Mortes, où les paludiers se firent un plaisir de lui offrir, en remerciement de sa protection divine, le sel dont il avait besoin.

Melaine se souvint aussi que Celtina avait égaré le sac contenant tous ses trésors. Sa besace ne pouvait pas être restée dans le néant puisque la jeune prêtresse s'en était échappée en combattant ses peurs, même s'il lui avait dit le contraire pour l'empêcher de retourner sur ses pas. La poche de jute ne devait pas être bien loin.

Melaine refit le chemin qu'il avait parcouru lors de sa rencontre avec Celtina, Malaen et Ossian et, comme il s'y attendait, il n'eut pas à chercher très longtemps : il aperçut le sac à moitié enfoui sous un petit monticule de sel. Il le ramassa et, traînant son énorme bissac* bien rempli de sel sur son épaule, il revint en sifflotant vers la forteresse de Ra.

Celtina prenait l'air dans la cour où l'ombre de l'amandier lui permettait d'échapper aux rayons du soleil, que Tifenn lui avait recommandé d'éviter pendant un certain temps. Lorsqu'elle aperçut son sac, elle fondit en larmes. Elle avait cru ne jamais le revoir. Plus que celle des plantes, de sa bague et des souvenirs qu'il contenait, c'était surtout la perte de son flocon de cristal de neige qui l'avait anéantie lorsqu'elle avait constaté la disparition de son baluchon. Elle s'empressa donc d'y plonger la main pour voir si son précieux trésor s'y trouvait encore.

Lorsqu'elle ouvrit la main, elle fut ébahie de voir combien son flocon de cristal de neige brillait. Il étincelait comme un diamant exceptionnel. Jamais il n'avait été aussi lumineux. L'énergie qui s'en dégageait témoignait sans conteste des nombreuses tentatives de sa mère pour la contacter. Celtina sentit son cœur s'emballer. Elle était si excitée qu'il lui fut difficile de se concentrer pour projeter son esprit à l'intérieur du flocon afin d'y rejoindre enfin celui de Banshee. Après deux tentatives infructueuses, elle entendit dans sa tête la voix de sa mère. Son cœur était sur le point d'éclater de joie. Elle respira profondément pour en maîtriser les battements, car rien ne devait interférer entre elle et Banshee.

– Mère, mère… je suis si heureuse de te retrouver, si tu savais… si tu savais ! fit-elle, la voix cassée par l'émotion.

– Celtina ! J'étais si inquiète… Je ne parvenais pas à te contacter, lui répondit la voix familière et douce de sa mère. Calme-toi que je lise en toi les souvenirs que tu as accumulés depuis notre dernière discussion. Il me semble que cela fait tellement longtemps…

Elles gardèrent le silence pendant de longues minutes, le temps pour Banshee de s'insinuer dans les pensées de sa fille et de vivre à travers elles les aventures vécues depuis les derniers mois. Celtina comprit que sa mère assistait en différé* aux événements survenus dans l'Anwn. Elle sentit soudain l'esprit de celle-ci se contracter.

Lorsqu'elles eurent ainsi exploré leurs souvenirs, Celtina respira plus librement. Ceux de sa mère faisaient état d'une vie simple et routinière, pour elle et son fils Caradoc. Même si le statut de servante et d'esclave de Banshee ne pouvait réjouir l'adolescente, elle était néanmoins heureuse de constater qu'il n'était rien arrivé de fâcheux aux membres de sa famille. Les jours des deux prisonniers s'étaient écoulés, besogneux et calmes, dans la paisible campagne toscane.

– Titus Ninus Virius a accordé le statut d'homme libre à Caradoc, lui annonça finalement Banshee, sur un ton à la fois soulagé et reconnaissant.

À l'évocation de son petit garçon, de nouvelles images se formèrent dans les pensées de Banshee. Celtina put ainsi découvrir quelques scènes de la vie quotidienne de son petit frère qui venait tout juste de célébrer ses sept ans.

Titus Ninus Virius avait envoyé l'enfant dans une école située dans la principale rue commerçante de Fiorentia, où plusieurs pédagogues avaient ouvert des salles de classe pour accueillir les rejetons désireux d'apprendre des propriétaires terriens de condition modeste.

Lorsque, en pensée, Celtina entendit le précepteur appeler son petit frère par son nom latin, Caradius Aulus Virius, elle sursauta et faillit perdre le contact avec sa mère. Elle se mordit les lèvres pour s'interdire de protester. Il était d'usage dans l'Empire romain que les esclaves affranchis prennent le nom de leur ancien maître. Elle avait découvert cet état de fait depuis qu'elle vivait au contact des Gallo-Romains de la Narbonnaise. Et elle ne pouvait rien y faire. Son seul espoir était d'atténuer l'empreinte des Romains sur les Gaulois en réussissant sa mission et en sauvant sa culture. Peut-être qu'un jour les Celtes se débarrasseraient du joug de Rome et de son poids sur leur vie quotidienne, et retrouveraient la fierté de leurs racines et de leurs savoirs ancestraux.

Elle vit le garçonnet, portant désormais le nom de son « grand frère » Aulus Ninus Virius, apprendre à lire et à écrire le latin, avec une facilité qui faisait la fierté de sa mère et de son enseignant. Celtina s'attendrit en constatant que Caradoc maniait avec dextérité un stylet* dont il se servait pour tracer de belles lettres sur une tablette de cire.

– Ne t'inquiète pas pour lui, reprit Banshee. Caradoc est très intelligent et studieux. Il n'est presque jamais puni, au contraire de certains de ses amis qui sont régulièrement et sévèrement battus pour leur manque de discipline et de cœur à l'ouvrage.

Celtina serra les dents. L'idée même que des Romains puissent fouetter son petit frère lui était intolérable. Elle songea que ces barbares avaient sans doute tué son père Gwenfallon ; elle ne supporterait pas qu'un excès de zèle du précepteur de Caradoc lui enlève aussi son frère.

La pensée de Gwenfallon lui fit monter les larmes aux yeux. Elle n'avait eu aucune nouvelle de lui depuis presque trois ans, aussi bien dire une éternité.

– Moi non plus, je n'ai aucune nouvelle de ton père, enchaîna Banshee en réponse aux inquiétudes de sa fille. Titus Ninus Virius a chargé son fils Aulus de mener une enquête, mais jusqu'à maintenant celui-ci n'a pu se rendre à Aquae Sextiae.

Le nom de la ville provoqua un frisson dans le dos de Celtina. La forteresse des Trois Déesses n'était qu'à une journée et demie de marche de l'endroit où son père avait été vu vivant pour la dernière fois. À l'insu de Melaine et de Malaen, elle avait caressé le projet de s'y rendre. Pour ce faire, elle devrait de nouveau traverser les Eaux Mortes, cette fois en direction de l'anoir*, le soleil levant, et s'enfoncer un peu plus en territoire ennemi. Était-ce bien raisonnable ? Sûrement pas !

— Ne fais pas une telle bêtise ! intervint avec autorité Banshee qui continuait à lire les pensées de sa fille. Je t'interdis d'entrer dans Aquae Sextiae.

— Mais…, bredouilla Celtina, surprise par la remontrance de sa mère.

— Non, pas de « mais ». Titus Ninus Virius m'a promis d'obtenir des nouvelles. Son fils est maintenant quelqu'un d'important dans l'armée romaine. Il a la confiance de César. Il est bien mieux placé que toi pour obtenir des nouvelles de Gwenfallon et le faire libérer, s'il est encore de ce monde et retenu quelque part. Tu n'as pas à t'en mêler.

Les arguments de Banshee étaient imparables et Celtina savait que sa mère avait raison. Mais l'adolescente ne pouvait s'empêcher de se méfier de cette famille de Virius. Qu'est-ce qui lui prouvait que leurs dires étaient véridiques et ne cachaient pas quelque méchanceté gratuite ?

Aussitôt que cette pensée lui vint, elle sut qu'elle était injuste. Titus Ninus Virius avait bien traité Banshee et Caradoc. Pour sa part, même s'il était légionnaire en Gaule, Aulus s'était comporté avec respect et avait manifesté une certaine amitié envers son petit frère. Elle n'avait pas le droit de douter d'eux sans raison. Le seul fait qu'ils soient romains ne faisait pas forcément d'eux des monstres d'égoïsme et de cruauté. En d'autres circonstances, par exemple si les Virius avaient été des Celtes et avaient été leurs voisins à Barlen, les deux familles auraient pu être amies, partageant les mêmes champs, mettant en commun leurs animaux d'élevage et leur énergie au travail pour le bien de tous. Tellement de sentiments contradictoires se mêlaient en elle depuis quelque temps qu'elle se sentait bien incapable de faire le tri de ses émotions.

Banshee perçut le trouble qui agitait sa fille. Pour alléger l'atmosphère et changer de sujet de conversation, elle lui confia que Titus Ninus Virius s'apprêtait à les emmener tous à Fiorentia pour les *Ludi Romani*, les jeux romains qui marquaient tout le mois d'Edrinios, *September* en latin, célébrant ainsi le solstice d'automne.

– Le maître a parlé d'amuseurs publics… Caradoc est excité. Il a aimé les jeux du cirque* qu'Aulus l'a emmené voir à Rome…

Banshee songea qu'elle travestissait légèrement la vérité. En effet, si Caradoc avait apprécié sa visite à Rome, il était revenu des jeux du cirque enfiévré et presque en état de choc, parlant de lions, de crocodiles, de reptiles effrayants et de déluges qui avaient emporté le monde aux temps anciens. Mais elle se garda bien d'en parler à sa fille.

Soudain, la voix de Titus Ninus Virius vint rompre le charme qui unissait Banshee à Celtina. La femme celte était en train de terminer la lessive dans la pièce de la villa réservée à cet usage, ce qui lui avait permis de s'isoler pour répondre à l'appel de sa fille. Mais le maître requérait maintenant sa présence et elle ne pouvait l'ignorer. Le Romain était juste et gentil, mais il était le maître : il ne supportait pas que ses esclaves le fassent attendre ou aient l'air de se tourner les pouces alors qu'il y avait tant à faire au domaine. Dans son esprit, elle sentit encore la présence de Celtina et lui murmura rapidement qu'elle avait à faire.

– J'essaierai de te recontacter plus tard, lorsque je serai de nouveau seule et tranquille. Le maître me demande.

Celtina dut accepter de rompre le dialogue. Elle savait que de telles communications nécessitaient énormément de concentration mentale et de disponibilité, denrées très rares pour une esclave domestique.

Titus Ninus Virius avait involontairement interrompu la conversation entre Banshee et sa fille. Mais si, cette fois, le maître souhaitait que son esclave se hâte, ce n'était pas pour lui confier d'autres tâches. Tous les domestiques s'étaient déjà entassés dans une carriole et n'attendaient plus qu'elle pour prendre la route de Fiorentia.

Banshee se précipita dans la cour et découvrit Caradoc, le visage épanoui, assis près du maître. Visiblement, son fils était très heureux de rompre la monotonie de la vie au domaine par une sortie en ville pour assister aux *Ludi Romani* qui ponctuaient tout le mois.

– Vite, mère ! la pressa le petit garçon. Nous allons au théâtre…

Banshee se demanda à quoi rimait la nouvelle lubie de Titus Ninus Virius. Depuis quelque temps, et malgré tout le travail qu'il y avait sur ses terres, il permettait à ses quelques esclaves d'assister au théâtre en tant que spectateurs.

Dans les faits, à Rome, les captifs tenaient souvent le rôle d'acteurs, mais Titus Ninus Virius préférait voir ses serviteurs assister au spectacle plutôt qu'y participer.

La carriole s'ébranla aussitôt que Banshee y fut grimpée. La villa de Titus Ninus Virius était située à moins d'un quart d'heure de route de Fiorentia.

En quelques années à peine, le petit camp construit sur les bords de l'Arno s'était développé, notamment grâce à sa position stratégique qui permettait de contrôler toute la vallée et la route menant à Pise.

La cité avait été bâtie selon l'architecture romaine classique d'un camp militaire antique, deux voies se croisant pour diviser la ville en deux parties distinctes. Ceinte de remparts fortifiés, comprenant de nombreuses tours et plusieurs portes, la ville nouvelle attirait de nouveaux habitants presque chaque jour.

Comme dans la plupart des petites cités d'Italie, le théâtre de Fiorentia était encore en bois et pouvait être monté et démonté rapidement par une armée d'esclaves ou de serviteurs affranchis, puis transporté vers un autre emplacement ou vers une autre ville.

Autrefois, les représentations étaient données pour apaiser la colère des dieux, mais, depuis ces dernières années, les pièces s'étaient muées en véritables spectacles destinés au divertissement des foules.

Depuis que le proconsul Pompée avait fait construire un théâtre en pierre en plein cœur de Rome, les pantomimes, les pièces comiques ou dramatiques étaient régulièrement proposées au grand public, et ce, gratuitement. Le théâtre servait aussi d'espace de rencontre entre les puissants et le peuple. Tous les notables tenaient à être présents aux spectacles pour se montrer plus proches du peuple, même si la plèbe et les citoyens ne se mêlaient pas dans les gradins, puisque ceux-ci étaient divisés en sections bien distinctes : une pour les sénateurs et les chevaliers, le peuple au centre, tandis que les étrangers et les esclaves devaient rester debout à l'arrière. Quant aux frais d'une telle entreprise, on s'en doute, ils étaient très importants, mais étaient entièrement pris en charge par un magistrat ou un notable qui saisissait ainsi l'occasion d'accroître sa popularité. Cela avait pour conséquence que les spectacles étaient chaque fois plus fabuleux et somptueux que les précédents.

Banshee avait refusé d'assister aux spectacles de l'année précédente, mais cette fois, pour faire plaisir à son fils, elle avait accepté sans joie.

– Sais-tu pourquoi les Romains ont instauré ces jeux ? lui demanda-t-elle alors qu'ils prenaient place dans les derniers gradins.

Le petit garçon fit une moue. À vrai dire, il s'en moquait un peu. Pour lui, le principal était d'assister à un divertissement dont ses compagnons de classe lui avaient vanté la qualité et la drôlerie.

– Ils ont été créés après la prise de Rome par Brennos et les Sénons, il y a plusieurs centaines d'années, poursuivit Banshee avec de la fierté dans la voix.

Le petit garçon sourit. Les Gaulois avaient déjà battu les Romains, il le savait parfaitement. Banshee le lui avait maintes fois répété pour qu'il ne l'oublie jamais. Il adorait cette histoire dont sa mère le berçait quand il était plus petit. Il ne s'en était jamais lassé, car elle lui parlait de la grandeur de son peuple.

– Rome a dû faire face à une invasion dirigée par Brennos, poursuivit Banshee, faisant appel à sa mémoire. Le chef gaulois battit l'armée romaine sur les rives de l'Allia, et les Celtes purent entrer dans Rome qui avait été abandonnée par ses défenseurs, pillant et massacrant selon les dures lois de la guerre.

– Cependant, des Romains purent se réfugier dans la forteresse du Capitole et résister, intervint

Caradoc qui se souvenait très bien de la suite de l'histoire.

– Oui! Mais une nuit, tandis que les Gaulois escaladaient le Capitole, un légionnaire du nom de Marcus Manlius fut réveillé par le cri des oies. Il donna l'alerte, et les défenseurs romains parvinrent à repousser nos troupes. Puis, le tribun militaire qui commandait la place eut une idée...

Banshee laissa sa phrase en suspens pour que Caradoc poursuive l'histoire.

– Malgré l'extrême famine qui sévissait dans la forteresse, enchaîna l'enfant, le tribun fit jeter du pain du haut de la citadelle pour ainsi faire croire à Brennos que ses hommes avaient tellement de nourriture qu'ils pouvaient se permettre d'en gaspiller.

– Et malheureusement, cela eut pour effet de démoraliser nos hommes, soupira Banshee. Alors, Brennos accepta de négocier avec le tribun Quintus Sulpicius. Les Gaulois quitteraient Rome contre le versement d'une forte rançon en or. Une grande balance fut placée en plein centre de Rome...

– Mais quelques Gaulois, afin d'alourdir encore la rançon, y placèrent de faux poids, et les Romains protestèrent..., s'amusa Caradoc.

– Alors, Brennos jeta son épée sur la balance et leur lança avec insolence, dans leur propre langue: *Vae Victis* (Malheur aux vaincus)!

Caradoc échangea un regard de connivence avec sa mère.

– Tu vois que tu parles latin, toi aussi ! se moqua-t-il gentiment avant de poursuivre sur un ton attristé : Mais, malheureusement pour Brennos, le général Marcus Furius Camillus arriva avec des renforts, prit les Gaulois à revers et tailla nos armées en pièces…

– C'est cela, confirma Banshee. Alors, pour rendre hommage à leurs dieux qui leur avaient donné une victoire bien improbable, les Romains instaurèrent les *Ludi Romani*, auxquels les statues des dieux assistaient, placées sur un lit de parade.

– Ah, mère, regarde ! Ça va commencer, fit brusquement Caradoc en se tournant vers la scène où le décor était maintenant complètement installé, tandis que les musiciens terminaient d'accorder leurs flûtes, syrinx*, lyres, cithares, trompettes et même leurs hydraules*, instrument inventé par les Grecs.

Banshee sourit à son fils, mais le garçon ne le remarqua pas, car il était maintenant totale-ment captivé par les premiers mots prononcés par les acteurs. Au fur et à mesure de leur jeu, la mère se laissa elle aussi emporter par cette histoire écrite par Titus Maccius Plautus, qui racontait l'histoire d'un certain Euclion et d'une marmite remplie d'or qui tourmentait cet avare notoire, à un point tel qu'il n'osait plus sortir de chez lui, ne voulait plus y recevoir personne et que cela l'empêchait même de dormir la nuit.

Une fois la pièce terminée, des applaudissements nourris montèrent des gradins. Visiblement, le divertissement avait été fort apprécié par la foule.

Après avoir quitté le théâtre, les esclaves de Titus Ninus Virius se regroupèrent autour de leur carriole pour rentrer à la villa. L'après-midi s'achevait et tous étaient heureux d'avoir pu profiter de ce repos bien mérité après les durs efforts qu'ils déployaient pour mettre en valeur le domaine de leur maître.

Titus Ninus Virius fit signe à Banshee de venir s'asseoir près de lui, tout juste derrière le cocher. Elle songea que le maître voulait sans doute l'entretenir de Caradoc. Le petit garçon s'était révélé très brillant dans ses études et le maître voulait probablement lui en parler.

Quelle ne fut pas sa surprise lorsqu'il prononça des paroles auxquelles elle ne s'attendait pas du tout, et surtout pas dans de telles circonstances, après cette journée festive.

– Voilà… Tu sais que Caradoc est maintenant un homme libre et qu'il a été adopté par Aulus. Alors, décemment, je ne peux pas continuer à employer sa mère comme esclave…

Il marqua une pause. Banshee le dévisagea.

– Je suis très satisfait de ton travail et de ton comportement, mais tu ne peux plus être mon esclave…

Le cœur de Banshee s'emballa. Le maître songeait-il à la vendre à un autre propriétaire terrien ?

Voyant la terreur qui passait furtivement dans les yeux céladon de la jeune femme, Titus Ninus Virius comprit qu'elle craignait le pire. Il se hâta de la rassurer.

– Non, non, je ne veux pas te vendre, rassure-toi ! Mais comme je ne peux plus te traiter en esclave… Tu es la mère de mon petit-fils, n'est-ce pas ? Je voulais, enfin… euh… je veux te prendre pour épouse, lâcha-t-il très vite.

Banshee écarquilla les yeux, incapable de prononcer une seule parole.

– Je ne te demande pas de réponse immédiate, poursuivit Titus Ninus Virius. Prends le temps de réfléchir. Ton mari gaulois est… euh, mort… Aulus n'a retrouvé aucune trace de lui. Si tu deviens ma femme, tu seras citoyenne romaine et libre.

Comme Banshee allait protester, il l'interrompit d'un geste de la main.

– Ne me donne pas de réponse tout de suite… Réfléchis à ma proposition.

Puis, délaissant la jeune femme, il se tourna vers Caradoc, l'attrapa sous les aisselles pour l'asseoir sur ses genoux et lui demanda :

– Alors? As-tu apprécié cette pièce de théâtre, mon petit Caradius?

Abasourdie, Banshee entendit à peine les babillages de son fils. Elle, qui n'avait pas versé une larme depuis sa capture, avait maintenant le cœur au bord de l'éclatement et éprouvait une terrible envie de fondre en larmes. Titus Ninus Virius avait sans doute raison. Gwenfallon était probablement mort, son fils était devenu un Romain et sa fille… Sa fille!… Elle essuya une larme qui descendait sur sa joue. Elle devait parler à Celtina.

Lexique

CHAPITRE 1
Finnabair: voir tome 9, *Le Chien de Culann*
Frères de lait (des): garçons nés de parents différents, mais élevés par la même nourrice

CHAPITRE 2
Brouet (un): un bouillon, un potage
Caruca: outil agricole gaulois. Le mot caruca a donné charrue, carriole, char
Éber: voir tome 5, *Les Fils de Milé*
Fergus l'Exilé: voir tome 9, *Le Chien de Culann*
Fidchell: jeu d'échec celte
Gouren: lutte traditionnelle celte
Haute Plaine: plaine d'Armagh, en Irlande
Hurling: jeu celte, ancêtre du hockey
Léthargie (une): sommeil profond et prolongé pendant lequel les fonctions vitales semblent suspendues
Merioitoimorion: nom gaulois de la mélisse, plante au goût de citron
Vassal (un): homme dépendant d'un autre

CHAPITRE 4

Satiriste (un) : personne qui en ridiculise une autre par ses poèmes ou ses écrits

Scatach : voir tome 1, *La Terre des Promesses*

Sous la houlette : sous le commandement de quelqu'un

Umbo : partie centrale, en relief, d'un bouclier

CHAPITRE 5

Cercle des Pierres suspendues : Stonehenge

Conn aux Cent Batailles : voir tome 9, *Le Chien de Culann*

Connall Cernach et Loégairé : voir tome 9, *Le Chien de Culann*

Peulven (un) : pierre de granite dressée verticalement, synonyme de menhir

CHAPITRE 6

Chanfrein (un) : partie de la tête d'un cheval comprise entre le front et les naseaux

Courroux (un) : colère, fureur, emportement

Creirwy : voir tome 6, *Le Chaudron de Dagda*

Cythraul : voir tome 9, *Le Chien de Culann*

Entrelacs : ornement composé de motifs entrelacés

Guttural (adj.) : rauque

Krwi : mot celte désignant le destin ou le karma

CHAPITRE 7

Andouiller (un) : bois des cervidés

Belligérant (un) : personne qui prend part à une guerre, à un combat

Chef (le) : tête

Dogue (un) : gros chien de garde aux fortes mâchoires

Edrinios : nom gaulois du mois de septembre

Gangue (une) : substance dure comme de la pierre qui enveloppe quelque chose

Pryderi : voir tome 1, *La Terre des Promesses*

Pwyll : voir tome 1, *La Terre des Promesses*

CHAPITRE 8

Huis (un) : porte d'une maison

Melaine, dieu-saunier : voir tome 4, *La Lance de Lug*

Saline (une) : entreprise de production de sel

Sous le joug : sous la domination de quelqu'un

CHAPITRE 9

Atrium : cour intérieure d'une maison

Besace (une) : long sac qui s'ouvre par le milieu pour former deux poches, synonyme de bissac

Buis (du) : arbuste à feuilles persistantes, dont le bois est jaunâtre et dur

Drupe : fruit à noyau comme l'abricot, l'amande, la cerise

Ioubaron : plante des marais salants, aussi appelée ellébore noire, saladelle, lavande de mer ou lilas de mer

Limon (un) : terre ou fines particules entraînées

par les eaux et déposées dans le lit des rivières ou des fleuves

Patère (une) : coupe peu profonde, sans pied ni anses, à usage religieux

Plancton (du) : minuscules organismes vivant dans l'eau et servant de nourriture à plusieurs espèces d'animaux

Ratiaria : vient du mot gaulois ratis, dont le deuxième sens signifie « plateau flottant sur les terres, comme un radeau ». Il s'agit du nom romain des bateaux gaulois à fond plat des bords de la Méditerranée

Tamaris : arbuste donnant de petites fleurs roses

CHAPITRE 10

À vau-l'eau : à la dérive, sans contrôle

Cymrique (adj.) : gallois, habitant le Pays de Galles

Hob : mot gallois signifiant « cochon »

Morch : mot gallois signifiant « porc »

Pryderi de Dyfed : voir tome 1, *La Terre des Promesses*

Rhodora : mot gaulois désignant la reine des prés ; cette plante a donné l'aspirine

Troediawc : mot celtique signifiant « porte-pieds », fonctionnaire de la cour d'un roi gallois

CHAPITRE 11

Gallica : chaussure gauloise faite d'une seule pièce en cuir, avec une semelle de bois

Goémon (un) : algue marine
Lleu : mot celte signifiant « lumière » (même origine que Lug)
Psychopompe : qui conduit les âmes des morts
Varech (du) : ensemble des algues (goémons, fucus) rejetées par la mer

CHAPITRE 12
Allée couverte : monument mégalithique très long et très large recouvert de plusieurs dalles (tables) reposant sur plusieurs piliers (menhirs) de pierre
Ambiorix : voir tome 9, *Le Chien de Culann*
Anciens : signification en français du nom Sénon
Quintus Titurius : voir tome 9, *Le Chien de Culann*

CHAPITRE 13
Crayeuse (adj.) : composée de craie
Garant (un) : personne qui est tenue responsable de la bonne conduite d'une autre
Potence (une) : barre verticale supportant une barre horizontale servant à suspendre les condamnés
Rafle (une) : arrestation massive opérée à l'improviste

CHAPITRE 14
Anoir : mot gaélique pour désigner l'est

Bissac : long sac qui s'ouvre par le milieu pour former deux poches, synonyme de besace

En différé : avec un décalage

Hydraule : petit orgue qui fonctionne avec de l'eau

Jeux du cirque : voir tome 6, *Le Chaudron de Dagda*

Stylet : instrument pointu servant à écrire

Syrinx : sorte de flûte de Pan

PERSONNAGES ET LIEUX ISSUS DE LA MYTHOLOGIE CELTIQUE

Anaon : les esprits des bois

Annwvyn : le royaume des Morts, la terre des Bienheureux

Anwn : le royaume des non-êtres du Síd

Arawn : le maître du royaume des Morts

Brí Leith : l'entrée du Síd

Brun de Cúailnge : le taureau mythique d'Ulaidh

Calatin le Hardi : un guerrier dont les vingt-sept fils font partie de son propre corps

Crunniuc : un pauvre paysan d'Ulaidh, époux de Macha

Cuchulainn : le Chien de Culann, le chien du forgeron, héros d'Ulaidh

Cythraul : le Destructeur, maître de l'Anwn et des non-êtres

Dylan : un des fils d'Arianrhod, le Fils de la Vague

Falias: une des quatre îles mythiques du Nord du Monde

Forteresse d'Allen: la résidence de Finn et des Fianna

Gilvaethwy: un neveu de Math, amoureux de Goewin

Glass: le petit-fils de Calatin le Hardi, à qui il est physiquement relié

Goewin: troediawc ou porte-pieds de Math

Grannus: le soleil

Gris de Macha et Noir de la Vallée Sans Pareille: les enfants de Macha, les deux chevaux féeriques de Cuchulainn

Gwyddyon aux Forces Terribles: un magicien, frère de Gilvaethwy et d'Hyfeidd

Hafgan: l'ennemi juré d'Arawn

Hyfeidd: le frère de Gilvaethwy

Le Síd: l'Autre Monde

Lleu à la Main sûre: un des fils d'Arianrhod

Maison de la Vallée des Ifs: la maison de Cythraul

Maponos: le Sanglier royal, l'archidruide

Math: le roi de Cymru

Morfessa: le Grand Savoir, le druide qui a taillé la Pierre de Fâl

Pryderi: le roi de Dyfed

Pwyll: l'ancien roi de Dyfed, père de Pryderi, maître de l'Annwvyn un an sur deux

LES THUATHA DÉ DANANN (LES TRIBUS DE DANA)

Arianrhod: Roue d'argent, la déesse vierge du Destin et de la Lune, fille de Dana

Arduinna: la déesse de la forêt Ar Duen

Brigit: la sœur de Mac Oc, fille de Dagda

Dagda: le Dieu Bon

Goibniu: le dieu-forgeron

Lug: le dieu de la Lumière, père de Cuchulainn

Mac Oc: Jeune Soleil, le fils de Dagda

Manannân: le fils de l'océan

Midir: le souverain du Síd, dieu de l'Autre Monde

Ogme: le dieu de l'Éloquence

Trois Déesses (Les): dites aussi les Trois Mères, Anu, Dana et Tailtiu

LES GAËLS

Aillil: le roi du Connachta et du Laighean

Cavad: un druide d'Emain Macha

Conchobar: le roi d'Ulaidh

Conn aux Cent Batailles: le Haut-Roi d'Ériu

Dechtiré: la mère mortelle de Cuchulainn

Éber: un des Fils de Milé, frère d'Érémon, premier roi d'Ulaidh

Ferdia: un guerrier domnonéen, meilleur ami de Cuchulainn

Fergus l'Exilé: l'ancien roi d'Ulaidh

Fiachu: le messager de Fergus l'Exilé

Finnabair: la fille de Mebd

Follomain : un jeune guerrier d'Ulaidh, fils du roi Conchobar

Fraech : l'époux décédé de Finnabair

Lairine : un des frères de lait de Lughaid Riab

Loeg : le cocher de Cuchulainn

Longsech : un brigand

Lughaid Riab : dit Lughaid aux Bandes rouges, fils adoptif de Cuchulainn

Mebd : la reine du Connachta

Sualtam : le père adoptif de Cuchulainn

LES FIANNA

Finn : le chef de l'Ordre des chevaliers des Quatre Royaumes (les Fianna)

Ossian : le fils de Finn

PERSONNAGES ET PEUPLES AYANT EXISTÉ

Acco : le roi des Sénons

Ambiorix : le Roi de l'habitat, roi des Éburons

Arelates (Les) : « Ceux de l'implantation près des marais », peuple celte de la région d'Arles, Bouches-du-Rhône, Provence, France

Atuatuques (Les) : peuple germain installé en Gaule belge, dans la région de Namur, Belgique

Aulus Hirtius : le secrétaire particulier de Jules César

Caïus Antitius Reginus : un lieutenant de César

Carnutes (Les) : peuple gaulois de la Beauce, départements de l'Eure-et-Loir, du Loir-et-Cher, du Loiret, de l'Essonne et des Yvelines, France

Cingétorix: le gendre d'Indutionmare des Trévires
Cneius Pompée: proconsul de Rome
Durocorter: «la Forteresse ronde», Reims, Marne, Champagne-Ardenne, France
Indutionmare: le roi des Trévires
Jules César: le général romain
Marcus Furius Camillus: un général et dictateur militaire romain (dictateur signifiant «ayant les pleins pouvoirs»)
Marcus Manlius: le légionnaire romain qui fut réveillé par les oies; futur consul à Rome
Marcus Silanus: un lieutenant de César
Nerviens (Les): peuple gaulois de la Belgique, région de Bavay
Parisii (Les): peuple gaulois de la région parisienne
Rèmes (Les): les Premiers, de la région de Reims, Marne, Champagne-Ardenne, France
Salyens: fédération de peuples du Midi de la France
Sénons (Les): les Anciens, de la région de Sens, Bourgogne, France
Titus Labienus: un légat de César
Titus Maccius Plautus: Plaute en français, auteur comique latin (245 av. J.-C. – 184 av. J.-C.)
Titus Sextus: un lieutenant de César
Trévires (Les): peuple belge de la région du Luxembourg
Vénètes (Les): peuple armoricain de la région de Vannes, Morbihan, Bretagne (France)

Vidula : rivière la Vesle
Volques Arecomiques : peuple celte de la région de Nîmes, Gard, Languedoc-Roussillon (France)

LIEUX EXISTANTS
Agedincon : oppidum des Anciens, ville de Sens, Bourgogne, France
An Mhí : la Terre du Milieu, le comté de Meath, république d'Irlande
Aquae Sextiae : Aix-en-Provence, Bouches-du-Rhône, Provence, France
Ar Duen : forêt des Ardennes, France, Belgique et Luxembourg
Arno : la rivière qui arrose Florence, Toscane, Italie
Auberge de la Boyne : Brug na Boyne, Newgrange, comté de Meath, république d'Irlande
Calédonie : Écosse
Capitole : l'une des sept collines de Rome, centre religieux et administratif de la ville
Cercle des Pierres suspendues (Le) : Stonehenge, Grande-Bretagne
Cymru : le Pays de Galles
Eaux Mortes (Les) : la Camargue, Bouches-du-Rhône, Provence, France
Emain Macha : Navan Fort, Ulster, Irlande du Nord
Ériu : l'île Verte, l'Irlande
Fiorentia : Florence, Toscane, Italie

Forteresse de Ra (La) : la forteresse des Trois Déesses, Les Saintes-Maries-de-la-Mer, Bouches-du-Rhône, Provence, France

Haute Plaine (La) : plaine d'Armagh, en Irlande du Nord

Isicauna : la Rivière Sacrée, l'Yonne et la Seine

Kaer Dathyl : situé dans le nord de Cymru

Karnag : Carnac, département du Morbihan, Bretagne, France

Massalia : Marseille, Bouches-du-Rhône, Provence, France

Mhuir Mheadhain : la mer du Milieu, la mer Méditerranée

Narbonnaise : ou Gaule narbonnaise, la Provence, France

Nemos : Nîmes, Gard, Languedoc-Roussillon, France

Plaine de Muirthemné (La) : sud de l'Ulster, Irlande du Nord

Renus : fleuve, le Rhin

Rhodanus : fleuve, le Rhône

Tara : Hill of Tara, comté de Meath, république d'Irlande

Toscane : région d'Italie

PERSONNAGES INVENTÉS

Arzhel : surnommé Prince des Ours ou Koad, le mage de la forêt, apprenti druide

Aulus Ninus Virius : un légionnaire romain, fils de Titus Ninus Virius

Banshee: la mère de Celtina

Caradoc: le petit frère de Celtina

Celtina: surnommée Petite Aigrette, apprentie prêtresse, l'Élue

Cloutina: surnommée la Renommée, une noble Rème

Gwenfallon: le père de Celtina

Inwë: l'enfant-vieillard, un changelin

Iorcos: surnommé Petit Chevreuil, un apprenti druide andécave

Macha la noire: surnommée la Dame blanche, connue aussi sous le nom de Scatach la guerrière

Maélys le doux: un apprenti druide sénon

Malaen: le cheval tarpan de Celtina

Melaine: le dieu-saunier

Tifenn: surnommée Joli Écureuil, une apprentie prêtresse, originaire de la forteresse de Ra

Titus Ninus Virius: le maître romain de Banshee et de Caradoc

Vebrumaros: le marchand d'ambre, père de Cloutina

La production du titre *Celtina, La Pierre de Fâl* sur 3 267 lb de papier Rolland Enviro100 Édition plutôt que sur du papier vierge aide l'environnement des façons suivantes :

Arbres sauvés : 82

Évite la production de déchets solides de 2 364 kg

Réduit la quantité d'eau utilisée de 223 602 L

Réduit les matières en suspension dans l'eau de 15,0 kg

Réduit les émissions atmosphériques de 5 191 kg

Réduit la consommation de gaz naturel de 338 m^3